प्रेम भँवर

उपन्यास

राजेश बेरी

REDGRAB books
redgrabbooks.com

RG
books

Published By
Redgrab books Pvt.ltd.
942, Mutthiganj, Prayagraj, 211003
www.redgrabbooks.com
contact@redgrabbooks.com

First published by Redgrab Books in 2022

Printed and bound in India
Cover Design & Typesetting by Redgrab Books team

ISBN : 978-93-90944-49-1

प्यारे पाठकों को समर्पित

प्रस्तावना

पूजा की शक्ल देखने वाली थी। वो तो बिंदु चाची की पहली रात की संभोग की बातें सुनकर शर्म से लाल हुए जा रही थी। उसने हँसते हुए अपने कानों में उँगली घुसाते हुए कहा-

"बस करो चाची नहीं सुननी मुझे ये बातें.. छी!" कि बिंदु चाची ने उसके कानों से उसके हाथ नीचे करते हुए कहा, "क्यों नहीं सुननी ये बातें? शादी हो रही है तेरी.. सुहागरात पर पति जब तेरे नज़दीक आकर तुझसे ऐसी बातें करेगा, तब भी यही कहेगी?... नहीं मुझसे ऐसी बातें मत करो, मुझे मत छुओ, मुझे अच्छा नहीं लग रहा छी..."

इस पर पूजा ने हिचकिचाते हुए कहा-

"चाची... मुझे सेक्स की बात करते हुए शर्म आती है।" बिंदु चाची ने सीरियस होते हुए कहा-

"देख पूजा एक सुखी विवाहित जीवन के लिए सेक्स सबसे ज़रूरी चीज़ है। ज़्यादातर जोड़े इस मुद्दे को डिस्कस ही नहीं करना चाहते और फिर आगे चलकर एक ऐसी समस्या के साथ लड़ते हैं जो उन्हें दिखती ही नहीं। हमारे देश में तलाक़ की ज़्यादातर यही वजह होती है, सेक्स! इसीलिए मैं चाहती हूँ कि तू उन बातों को बारीकी से समझे कि सुखद और सफल शादी का एक ही मूल मंत्र है और वो है अपने पार्टनर की शारीरिक तृप्ति। शारीरिक तृप्ति होगी तो मानसिक संतुलन बना रहता है। याद रखना हर लड़का शादी से पहले सिर्फ़ एक ही सपना लेकर आता है कि उसकी पत्नि सुंदर हो।" पूजा ने शर्माते हुए चाची की बात काटते हुए कहा-

"सुंदर तो मैं हूँ ही!

"वैसे तेरे हिसाब से सुंदरता की परिभाषा क्या है?"

"यही कि लड़की अच्छी दिखे, अच्छी बोलचाल हो, अपने ससुराल वालों की इज़्ज़त करे।" बड़ी मासूमियत से उसने चाची से ये बात कह दी थी और उम्मीद कर रही थी कि चाची उसकी इस बात पर उसे शाबाशी देंगी पर उसकी सोच के विपरीत चाची ने मुँह बनाकर उससे पूछा-

"किसने सिखाया है तुझे ये सब?" पूजा ने मासूमियत भरे स्वर में कहा-

"मम्मी ने।" बिंदु चाची उसके क़रीब आ गयी और कहने लगी, "लड़की की सुंदरता की परिभाषा होती है उसके अंगों का सुंदर आकार। जैसे कि लम्बे मख़मली बाल, बड़ी-बड़ी बोलती आँखें, आमंत्रण देते रसीले होंट, अपनी ओर ध्यान खींचते ये बड़े वक्ष और जगह-जगह से झाँकता हुआ गोरा बदन और चाल तो ऐसी कि सर से लेकर हर अंग अपनी ही कहानी कह रहा हो।"

सुंदरता की ऐसी परिभाषा की पूजा ने तो कभी कल्पना भी नहीं की थी। चाची ने उसका ध्यान तोड़ते हुए आगे कहा, "इसीलिए तो लड़की को शादी से पहले हल्दी का उबटन लगाया जाता है, जिससे उसका अंग-अंग चमक जाये, खिल उठे। जब वो निर्वस्त्र होकर अपने पति के समक्ष जाये तो उसके बदन की ख़ुशबू उसके पति को उत्तेजित करके उसे अपनी पत्नि के बदन को छूने के लिए प्रेरित करे। अरे क़ुदरत ने तो स्त्री का सर से लेकर पाँव तक शृंगार का स्वरूप बनाकर धरती पे भेजा है।

चाची के मुँह से ऐसी बातें सुनकर तो पूजा का मुँह खुला का खुला रह गया। तब बिंदु चाची ने पूजा को शीशे के सामने खड़ा कर दिया। उसके बदन से उसके दुपट्टे को खिसका दिया और उसके वक्षों को दिखाते हुए बोलीं-

"ये देख इन वक्षों को ध्यान से देख। इनका ऐसा उभार क्यों है? ताकि पुरुष इन्हें देखकर आकर्षित हो, ये क़ुदरती है पूजा। इन वक्षों के उभार को देखकर ही पुरुष की उत्तेजना उजागर होती है और वही उत्तेजना स्त्री की चाहत बनती है। इसे हम प्यार कहते हैं।"

बड़े आत्मविश्वास से चाची पूजा को ये ज्ञान दे रही थी। उसने पूजा के शर्म से हो रहे लाल चेहरे को देखते हुए कहा-

"ये सब क़ुदरती होता है पूजा और ये अनुभव तो हर लड़का लड़की की ज़िन्दगी में आना ही है। इससे कोई नहीं भाग सकता, तू भी नहीं।" पूजा अब बिंदु चाची की बातों को ध्यान से सुन रही थी। वो महसूस कर रही थी कि चाची अपने अनुभव से उसे ऐसा ज्ञान दे रही थीं जो उसने किसी से नहीं पाया था पर बहुत ज़रूरी था। चाची ने पूजा की बढ़ती हुई उत्सुकता को देख आगे बोलना शुरू किया-

"हमारे पूर्वजों ने तो गुप्त ज्ञान और कामसूत्र पर शास्त्र लिखे हैं और हम ही उन्हें ग्रहण करने से कतराते हैं। क़ुदरत ने इन्सान को शारीरिक सुख भोगने

के लिए इस धरती पर भेजा है जो सिर्फ़ संभोग से प्राप्त होता है और यही सुख आत्मा की तृप्ति करता है। स्त्री और पुरुष के संभोग से ही एक स्त्री अपनी कोख भरती है, जिससे सृष्टि चलती है। तो फिर स्त्री-पुरुष सम्बन्ध के बारे में बात करने से कतराना कैसा?"

पूजा अब तक शर्म से लाल हो चुकी थी, उसने हँसते हुए कहा, "पर चाची एक डर-सा बैठा हुआ है मन में कि कैसे होगा पहला अनुभव? प्रेम मेरे साथ क्या करेगा? क्या वो मेरे कपड़े उतारेगा? सोचकर ही काँप जाती हूँ।" चाची ने मुस्कुराते हुए कहा-

" इसीलिए तो तुझे समझा रही हूँ.. लाडो। देख जैसे मैं तुझे समझा रही हूँ ना, उसे भी तो कोई ना कोई ये ज्ञान दे रहा होगा.. तो कहीं ऐसा न हो हमारी पूजा पहली जंग ही हार जाये। देख सबसे पहले ये समझ ले कि एक जवान ख़ूबसूरत लड़का जैसा तेरा प्रेम है, उसके मन में तुझे छूने की लालसा जागेगी। उसके लिए तेरे हर अंग को देखना, उसे महसूस करना, एक नये सुख के आविष्कार से कम नहीं होगा। वो अपनी कल्पनाओं को साकार करने के लिए तेरे होंट तेरी आँखें फिर तेरे वक्ष, सब कुछ.. यानी सर से लेकर पाँव तक.. सबकुछ महसूस करना चाहेगा और तब तुझे उसकी इस खोज पर खरा उतरना है। जब वो तेरे अंग-अंग को छूए तो उसे अपनी जीत का एहसास होना चाहिए। उसके लब तुझे चूमना चाहें तो अपने लब समर्पित कर देना क्योंकि तुम दोनों के होंटों से जो प्रेम रस का आदान-प्रदान होगा वही शुरूआत होगी एक-दूसरे में अपने भाव भरने की। वो तेरे बदन के हर कोने को दबाना चाहे तो उसे आश्वासन देना कि ये सब उसका ही है, जो चाहे करे। तभी तो उसका अली बाबा जागेगा और तेरी सिम-सिम में प्रवेश करके तुझे असीम सुख देगा और जब वो प्रेम भरा विस्फोट तेरे अंदर होगा ना, तब तू जानेगी कि असली क़ुदरती सुख की परिभाषा क्या है! यही सृष्टि का सुझाया पहला और आत्मिक सुख है जिसे तुझे पाना है। इस इस विषय की चर्चा करने में कोई शर्म नहीं क्योंकि यही प्रेम है।"

कहानी

गोवा के पणजिम शहर के पुलिस स्टेशन में सुबह ८ बजे की हलचल थी। रात के स्टाफ़ की ड्यूटी ख़त्म हो रही थी लिहाज़ा मॉर्निंग स्टाफ़ के साथ हैन्डिंग ओवर की प्रक्रिया चल रही थी। थाना इंचार्ज दलबीर सिंह जिसकी उम्र लगभग ३५ साल की थी, क़द ६ फ़ीट, रंग गेहूँआ। अपने रिलीवर का इंतज़ार कर रहा था।

ये रात भी बिना किसी जुर्म के कट गयी। कोई वारदात नहीं हुई थी। इस बात की तसल्ली के साथ वो चाय की चुस्कियाँ ले रहा था कि अचानक कंट्रोलरूम का फ़ोन लम्बी घंटी के साथ बज उठा। वहाँ खड़े सभी पुलिसकर्मी चौंक गये। कंट्रोल का फ़ोन एक ऐसा फ़ोन था जिसकी घंटी कोई भी नहीं सुनना चाहता था।

दलबीर ने हाथ बढ़ाकर फ़ोन उठा लिया-

"हैलो पंजिम पुलिस स्टेशन, SHO दलबीर सिंह।" दलबीर ने कंट्रोल से कुछ आदेश लिये और हरकत में आ गया। उसने अपनी टोपी उठायी और स्टाफ़ को आवाज़ लगाते हुए कहा-

"जल्दी चलो.. होटल मून लाइट.." अगले ही पल पुलिस की वैन अपना परिचित सायरन बजाते हुए गोवा की सड़कों पर दौड़ रही थी। जिसमें तीन हवलदार और दो लेडी कांस्टेबल भी थीं। मामला गंभीर लग रहा था। दलबीर ने वक़्त बर्बाद न करते हुए रास्ते में ही डिटेक्टिव प्रदीप को फ़ोन लगा दिया।

प्रदीप जिसकी उम्र ४० के आस पास रही होगी। सर पे हल्के घुँघराले बाल। हर काम धीमी गति से करने की जिसकी आदत है। यहाँ तक कि बात भी उसी गति से करता है। उसने सुबह की पहली उबासी लेते हुए पूछा-

"बोलिये दलबीर जी सुबह-सुबह मेरी याद कैसे आ गयी।

दलबीर जो अभी भी अपनी जीप में होटल मून लाइट की तरफ़ बढ़ रहा था उसने मुस्कुराते हुए कहा-

डिटेक्टिव प्रदीप अभी-अभी एक वारदात हुई है होटल मून लाइट में, वहीं जा रहा हूँ। सोचा आप इस केस में इंट्रेस्टेड होंगे तो फ़ोन कर दिया।"

प्रदीप- "क्या हुआ है?"

दलबीर- "मर्डर! एक नहीं दो-दो ..हनीमून कपल था।" इतना सुनकर प्रदीप की नींद हवा हो गयी।

"रियली? साउंड्स वीयर्ड! ठीक है मैं पहुँचता हूँ।" कहते ही वो बाथरूम में घुस गया।

उधर होटल मून लाइट की तीसरी मंज़िल के कमरा नंबर ३२२ के बाहर होटल के स्टाफ़ की भीड़ जमा थी। तभी इंस्पेक्टर दलबीर को अपनी टीम के साथ वहाँ पाकर, वहाँ के मैनेजर परेरा ने सबको पीछे कर दिया और दलबीर को रास्ता दिखाते हुए रूम नंबर ३२२ में ले गया। दलबीर वो नज़ारा देखकर चौंक गया। वहाँ ज़मीन पर एक लड़का जिसकी उम्र लगभग २८ साल की रही होगी, सर से ख़ून बहकर सूख गया था। हाथ में चाक़ू था जो ख़ून से सना हुआ था। ये प्रेम है। ऐसा प्रतीत हो रहा था कि उसने इस चाक़ू से उस लड़की का क़त्ल कर दिया है जिसकी लाश सामने ही बैड पर पड़ी थी। दलबीर ने नज़दीक जाकर देखा, बैड पर एक ख़ूबसूरत लड़की की लाश पड़ी थी। ये पूजा थी। बदन से काफ़ी ख़ून बहने से पूरा का पूरा बिस्तर ख़ून से भरा हुआ था। दलबीर ने परेरा की तरफ़ रुख़ करते हुए पूछा-

"कौन हैं ये लोग?"

परेरा- "सर इस लड़के का नाम प्रेम शर्मा है और ये इसकी पत्नि पूजा शर्मा। हनीमून के लिए आये थे यहाँ। दो दिन पहले ही इन्होंने इस होटल में चेक इन किया था और आज सुबह जब हाउस कीपिंग वाला राउंड पर आया तो उसने रूम नंबर ३२२ में इन दोनों की लाश देखी... फ़ौरन मैंने १०० नंबर पर फ़ोन कर दिया।" दलबीर ने हवलदार को दोनों लाशों का मुआयना करने को कहा और ख़ुद परेरा के साथ बाहर आ गया।

दलबीर अभी परेरा से पूछताछ कर ही रहा था कि दलबीर ने देखा डिटेक्टिव प्रदीप भी वहाँ पहुँच चुका था। सर पर एक भूरे रंग की हैट और उससे मैचिंग लम्बा कोट। दलबीर ने उसे आधी ही बात बतायी थी पर प्रदीप पूरी बात समाझ गया था। यही तो उसकी ख़ासियत थी कि वो इन्सान की चाल देखकर बता देता था कि वो कहाँ से आया है और कहाँ को जायेगा। वक़्त बर्बाद ना करते हुए उसने दलबीर के साथ रूम नंबर ३२२ का रुख़ किया। जहाँ पुलिस टीम वारदात के सारे सबूत इकट्ठा कर रही थी। प्रदीप ने पूजा की लाश को ग़ौर से देखा जिसकी उम्र २५-२६ के आस पास थी। निहायत ख़ूबसूरत, रंग गोरा।

प्रदीप ने तो आँखों से ही उसका क़द नाप लिया ५" ७' और फिर प्रेम की लाश को जिसका रंग गोरा था, वर्ज़िशी बदन, देखने में किसी अच्छी फ़ैमिली से लग रहे थे दोनों।

दलबीर- "मुझे तो कोई आपसी झगड़े का मामला लगता है। शायद एक्स्ट्रा मैरिटल अफ़ेयर का चक्कर। हाल में कुछ मामले आये हैं मेरे सामने कि शादी के बाद लड़कियाँ अपने पुराने बॉयफ्रेंड्स से मिलती हैं जिससे उनके पतियों को तकलीफ़ होती है या लड़के को उसकी एक्स-गर्लफ्रैंड मिलने आती है और पत्नि को पता चल जाता है। प्रदीप ने ग़ौर से दोनों लाशों को देखते हुए कहा, "पोस्सीबल है.." पर अब इस बात की पुष्टि करने के लिए दोनों में से कोई ज़िन्दा नहीं है! अब तो हमें उन सुबूतों पर निर्भर होना पड़ेगा जो यहाँ मिलेंगे या फिर वही पोस्टमोर्टम रिपोर्ट, CCTV फ़ुटेज। आप एक काम कीजिये लाशों को पोस्टमोर्टम के लिए भिजवाइये, CCTV फ़ुटेज चेक करवाइये फिर देखते हैं।" कहते हुए उसने अपनी सिगरेट निकाली और उसे सूँघता हुआ बाहर कॉरिडोर में आ गया।

पुलिस टीम के लोग, प्राथमिक औपचारिकता के बाद दोनों लाशों को स्ट्रेचर पर ले जा रहे थे। दलबीर परेरा से पूछताछ करने लगा। प्रदीप जेब से लाइटर निकालकर सिगरेट जालाने लगा कि अचानक सिगरेट जलाते हुए प्रदीप की नज़र ज़मीन पर गयी। उसने पाया कि कुछ ख़ून की बूँदें कॉरिडोर में गिरी हुई हैं। उसने वहीं से आवाज़ लगाकर उन लोगों को रोक दिया जो इन लाशों को ले जा रहे थे।

प्रदीप-"ऐ ... एक मिनट रुको.." और भागता हुआ पूजा और प्रेम की लाश के पास आ गया। उसकी ये हरकत देख दलबीर भी चौंक गया। प्रदीप ने ग़ौर से देखा के ख़ून की बूँदें प्रेम की लाश से टपक रही थीं। उसने फट से अपने कोट की जेब से रबर का दस्ताना निकालकर पहना और प्रेम की गर्दन पर हाथ रख कर उसकी नब्ज़ देखने लगा। दलबीर भी ये नज़ारा देखकर हैरान था। प्रदीप ने तब सबको ये कहकर चौंका दिया-

"ये लड़का ज़िन्दा है! दलबीर जी जल्दी एम्बुलेंस बुलवाइए।" प्रदीप की बात सुनकर दलबीर हरकत में आ गया उसने एक हवलदार को इशारा किया और वो हवलदार अपना फ़ोन निकालकर काम पे लग गया।

दलबीर- "आपको कैसे शक हुआ कि ये ज़िन्दा है?"

प्रदीप- "इसकी बॉडी का ख़ून अभी सूखा नहीं है, जबकि इस लड़की की बॉडी का ख़ून सूख चुका है।" कहते हुए उसने अपनी सिगरेट जला दी। दलबीर भी कॉरिडोर में प्रेम के बदन से टपकी इक्का-दुक्का ख़ून की बूँदों को देख रहा था। इतनी बारीक नज़र रखता है डिटेक्टिव प्रदीप, इसीलिए तो दलबीर भी उसे मानता है।

कुछ ही पलों में एम्बुलेंस होटल के आहाते में आ गयी और पूजा की लाश को मुर्दाघर में और प्रेम को इलाज के लिए हॉस्पिटल भेज दिया गया। अगले ही पल दलबीर और प्रदीप होटल मून लाइट के रेस्टोरेंट में बैठे चाय की चुस्कियाँ ले रहे थे। होटल का मैनेजर अपना रजिस्टर लेकर दलबीर को उपयुक्त जानकारी दे रहा था। दलबीर ने मैनेजर से पूछा-

"ये दोनों ३२२ में कब से रुके हैं?" कि मैनेजर परेरा ने प्रदीप को ये कह कर चौंका दिया-

"नही सर ये दोनों प्रेम शर्मा और उनकी पत्नी पूजा शर्मा तो ३२० नंबर रूम में रुके थे। ये रूम तो कल तक नेहा पाण्डेय नाम की लड़की के नाम से बुक था।"

"नेहा पाण्डेय?" इस केस में नया नाम सुनकर प्रदीप ने हैरानी से दलबीर की ओर देखा। दलबीर जानता था कि उसे क्या करना है, उसने फट से मैनेजर से कहा-

इस वक़्त नेहा पाण्डेय कहाँ मिलेगी? उसका कोई फ़ोन नंबर?" मैनेजर रजिस्टर पलटकर उसे नेहा पाण्डेय की सारी इन्फ़ोर्मेशन देने लगा।

उधर गोवा एयरपोर्ट पर अनायुन्स्मेंट हो रही थी, "मिस नेहा पाण्डेय जो गो एयर की उड़ान संख्या GA 563 से दिल्ली जा रही हैं, उनके लिए ये फ़ाइनल कॉल है। कृपया बोर्डिंग के लिये प्रस्थान करें।" कि अचानक वहाँ बैठी एक ख़ूबसूरत लड़की की ये आवाज़ सुनकर नींद खुली। ये नेहा थी। रंग गोरा उम्र लगभग २४ साल, सर पे हल्के घुँघराले बाल। किसी मॉडल से कम नहीं लग रही थी। उसे एहसास हुआ कि नींद के कारण उसकी फ़्लाइट छूटने वाली थी। उसने तो अभी सिक्यूरिटी चेक भी नहीं किया था। बस हाथ में बोर्डिंग पास पकड़े सो गयी थी। उसने अपना एक हैण्ड बैग हाथ में लिया और ट्राली बैग को घसीटते हुए सिक्यूरिटी चेक इन काउंटर की तरफ़ दौड़ने लगी।

"हट जाइये.. प्लीज़ मेरी फ़्लाइट छूट जायेगी.. प्लीज़ रास्ता दीजिये।" वो दौड़ते हुए सभी से आग्रह कर रही थी, पर वो जैसे सिक्यूरिटी चेक इन काउंटर

पर पहुँचने वाली थी कि उसका फ़ोन बज उठा। उसने देखा कि ट्रू कॉलर पर गोवा पुलिस फ़्लैश हो रहा था। नेहा हैरान हुई कि गोवा पुलिस का फ़ोन उसे क्यों आ रहा है? उसने झट से फ़ोन उठाया-

"हैलो, कौन?" दूसरी ओर होटल मून लाइट के रिसेप्शन से दलबीर परेरा के साथ खड़ा था। जिसने रजिस्टर में नेहा का नंबर देखकर अपने मोबाइल से उसे फ़ोन लगाया था।

दलबीर- "मिस नेहा मैं इंस्पेक्टर दलबीर बोल रहा हूँ, गोवा पुलिस। आपसे ज़रूरी बातचीत..." नेहा ने उसकी बात काटते हुए कहा-

"देखिये आपको जो भी बात करनी है ५ मिनट के बाद कीजिये प्लीज़, मेरी फ़्लाइट छूट जायेगी।" दलबीर ने सख़्ती से जवाब दिया-

"आप कहीं नहीं जा रहीं, आप होटल मून लाइट के जिस कमरा नंबर ३२२ में ठहरी थीं उसमें एक ख़ून हो गया है.."

नेहा- "ख़ून? किसका?"

दलबीर- " एक लड़की का.... नाम है पूजा... हेलो! हेलो, मिस नेहा आप सुन रही हैं?" नेहा को तो काटो ख़ून नहीं, वो सुन रही थी कि उसके नाम की अनाउंसमेंट बार-बार हो रही है।

नेहा- "जी हाँ.." दलबीर ने आगे लगभग उसे चेतावनी देते हुए कहा-

"आप इसी वक़्त अपनी फ़्लाइट कैंसिल करवाकर होटल मून लाइट पहुँचिए, वर्ना आपको यहाँ बुलवाने के लिए हमें दिल्ली पुलिस की मदद लेनी पड़ेगी..." नेहा ने ख़ुद को सँभालते हुए कहा-

"हाँ... मैं आ रही हूँ वापस.." उसकी आँख भीगने लगी थी, गला भर रहा था।

दलबीर- "थैंक्स.. क्या आप जानती थीं इस लड़की को?" नेहा ने एक छोटा-सा विराम लेते हुआ कहा-

"जी हाँ! पूजा मेरी बड़ी बहन है।" इसके आगे तो नेहा के सर के ऊपर से उड़ते हवाई जहाज़ के शोर में कुछ सुनायी नहीं दिया कि नेहा और दलबीर में क्या बातचीत हुई।

प्रदीप अब दलबीर के पीछे होटल मून लाइट के रिसेप्शन पर आ चुका था। प्रदीप ने दलबीर की आँखों में हैरानी भरे भाव पढ़ते हुए पूछ लिया-

"क्या हुआ?"

दलबीर- "३२२ नंबर रूम में जहाँ पूजा का क़त्ल हुआ, वो उस रूम में नहीं बल्कि ३२० में अपने पति के साथ ठहरी हुई थी।"

प्रदीप- "तो फिर इस रूम में कौन ठहरा था?"

दलबीर- "पूजा की छोटी बहन...नेहा पाण्डेय।" ये सुनकर तो प्रदीप भी चौंक गया, उसके चेहरे पर एक चमक थी कि केस इंट्रेस्टिंग होने वाला था।

दलबीर- "मुझे तो लगता है दो बहनों के झगड़े का मामला है।" प्रदीप ने दलबीर की बात काटते हुए कहा-

"बहुत जल्दी रहती है आपको केस क्लोज़ करने की दलबीर जी। आपको क्लूज़ मिले हैं, सबूत नहीं। सब्र कीजिये अभी तो कहानी शुरू हुई है। अभी तो किरदारों ने कहानी में आना शुरू किया है। अभी तो कई किरदार आने बाक़ी हैं।" अपने परिचित अंदाज़ में मुस्कुराते हुए उसने जेब से सिगरेट निकाली और उसे सूँघता हुआ वहाँ से निकल गया। दलबीर जनता था कि बहुत मेहनत करवाने वाला था प्रदीप उससे, पर वो उसके लिए तैयार था। क्योंकि वो जनता था बेशक वक़्त लेता है डिटेक्टिव प्रदीप पर जुर्म की जड़ तक पहुँचता है कि अचानक एक हवलदार ने दलबीर को आकर बताया कि नेहा पाण्डेय होटल पहुँच रही है।

दलबीर- "ठीक है परेरा से कहो कुछ वक़्त के लिए उनका कॉफ़्रेंस हॉल हम इस्तेमाल करेंगे।" वो हवलदार से बात करते हुए होटल के मेन गेट पर पहुँच गया। उसने देखा कि प्रदीप उससे पहले ही वहाँ मौजूद था। वो रह-रहकर अपनी घड़ी देख रहा था। दलबीर हैरान था कि प्रदीप किसका इंतज़ार कर रहा है! कि तभी वहाँ एक टैक्सी आकर रुकी और उसमें से उतरी नेहा पाण्डेय। उसके हाव भाव देखकर प्रदीप पहचान गया कि यही नेहा है और दलबीर भी जान गया कि प्रदीप नेहा का ही इंतज़ार कर रहा था। प्रदीप ने आगे बढ़कर नेहा की तरफ़ हाथ बढ़ा दिया-

"आप मिस नेहा पाण्डेय हैं? हाय! आई एम डिटेक्टिव प्रदीप और ये इंस्पेक्टर दलबीर इन्होंने आपको फ़ोन किया था।" नेहा वहीं खड़े-खड़े रो दी।

"क्या हुआ पूजा को? कहाँ हैं वो मुझे उसे देखना है।"

दलबीर- "उनकी बॉडी को पोस्टमोर्टेम के लिए ले गये हैं, आप अंदर चलिये, अंदर बैठकर बात करते हैं।" कहते हुए उसने शिष्टाचार का परिचय देते हुए नेहा का बैग ख़ुद पकड़ लिया।

होटल मून लाइट के कॉफ़्रेंस हॉल में परेरा ने सारा इंतज़ाम कर दिया था। जहाँ नेहा अब बीच में एक कुर्सी पर बैठी थी। उसके आँसू बहकर सूख चुके थे

और सामने दलबीर बैठा था। प्रदीप दूर कोने में उस वार्तालाप के शुरू होने का इंतज़ार कर रहा था जो अब दलबीर और नेहा के बीच होने वाली थी।

नेहा ने पानी पीकर टेबल पर ख़ाली गिलास रखकर दलबीर से पूछा-

"क्या मेरे घरवालों को पता है कि पूजा..?" दलबीर ने उसकी बात को काटते हुए कहा-

"उनको भी फ़ोन कर देंगे पर कुछ सवाल पहले आपसे पूछना चाहता हूँ। ये तो आपने बता दिया कि पूजा आपकी बहन थी और प्रेम आपका जीजा। वो लोग हनीमून के लिए यहाँ आये थे, पर सवाल मेरा ये है कि आप इन दोनों के हनीमून के बीच क्या कर रही थीं? वो भी उनके ही होटल में और उनके बग़ल वाले कमरे में?" दलबीर के इस सवाल का जवाब ना देते हुए नेहा ने दलबीर को ही पूछ लिया-

"मेरे जीजा जी.. प्रेम शर्मा कहाँ है?" दलबीर ने एक बार प्रदीप को देखा, "वो हॉस्पिटल में हैं.. उनका इलाज चल रहा है!"

पूजा- "क्या हुआ प्रेम को?"

"वो भी उसी कमरे में बुरी तरह ज़ख़्मी हालत में हमें मिले जहाँ आपकी बहन की लाश। उनके हाथ में एक चक्कू था जिससे शायद पूजा का.." कहते हुए वो रुक गया।

नेहा- "मतलब! प्रेम ने पूजा को मार दिया...?"

दलबीर- "फ़िलहाल हम कुछ नहीं कह सकते, कि प्रेम ने पूजा को मारा या फिर दोनों को किसी तीसरे ने?" कहते हुए उसने नेहा पर अपनी तीखी नज़र गाड़ दी। दलबीर की बात सुनकर नेहा चौंक गयी। उसके मुँह से अचानक निकल गया-

"ये कैसे हो सकता है, मैं सबकुछ तो ठीक करके गयी थी!" दलबीर ने नेहा के इस वाक्य को अपने अगले सवाल का आधार बनाते हुए पूछा-

"क्या ग़लत था दोनों के बीच जो तुम ठीक करके गयी थीं? बोलो नेहा!" नेहा अब अपनी बात कहकर घबरा गयी थी। वो अब दलबीर की किसी भी बात का जवाब नहीं देना चाहती थी।

"देखिये पहले आप मेरे घरवालों को इन्फ़ॉर्म कर दीजिये.." दलबीर ने उसकी बात को काटते हुए कहा-

"यही सवाल तो तुम्हारे घर वाले भी तुमसे पूछेंगे? क्या कर रही थीं तुम अपनी बहन के हनीमून पर? क्या ठीक करने आयी थीं तुम यहाँ? जिससे तुम्हारी

बहन पूजा की जान चली गयी और तुम्हारे जीजा जी जान से जा-जाते!" नेहा चुप थी मानो वो कोई सच्चाई छुपाना चाह रही हो।

दलबीर ने प्रदीप को देखा मानो थोड़ी सख़्ती की अनुमति माँग रहा हो और प्रदीप ने अपना सर हिलाकर उसे अनुमति दे दी। इसके बाद दलबीर अपनी कुर्सी नेहा के और क़रीब ले आया और सीधा उस पर इल्ज़ाम लगा डाला-

"कोई झगड़ा था पूजा के साथ तुम्हारा? जिसका बदला लेने के लिए तुम उसके पीछे आ गयीं?"

नेहा- "बदला? मैं? अपनी बहन से?"

दलबीर- "हाँ बदला.. वही तो मैं जानना चाहता हूँ! किस बात का बदला लेना चाहती थीं तुम अपनी बहन से? ऐसी क्या ग़लती हो गयी थी उससे कि तुमने इतनी बेरहमी से उसका मर्डर कर दिया, फिर अपने जीजा को मारने की कोशिश की!" कहते हुए उसने ज़ोर से टेबल पर अपना हाथ दे मारा। नेहा पहले तो दलबीर के मज़बूत हाथों की थाप सुनकर डर गयी। पर फिर ख़ुद को सँभालते हुए बोली-

"गलत कर रहे हैं आप इंस्पेक्टर साहब। आपके पास पावर है इसका मतलब ये नहीं कि आप मुझे पर दबाव डालकर मुझसे कुछ भी क़बूल करवा लेंगे। मैंने पूजा का ख़ून नहीं किया, ना ही अपने जीजा को मारने की कोई ऐसी कोशिश की। मैं तो रात को १ बजे ही होटल से चली गयी थी। ये देखो मेरा बोर्डिंग पास १.४० पे मैंने लिया था।" कहते हुए उसने अपना बोर्डिंग पास निकालकर दलबीर को थमा दिया। दलबीर ने भी नेहा की बात की पुष्टि की और बोर्डिंग पास प्रदीप को थमा दिया जो उसे ध्यान से देखने लगा। नेहा ने आगे कहा-

"आप पुलिस वालों का यही काम है, असली मुजरिम को कभी पकड़ते नहीं, जो हाथ आया उसे मुजरिम साबित करने के लिए पूरी ताक़त लगा देते हो।" दलबीर की नज़रें प्रदीप से मिलीं, मानो उससे पूछ रहा हो कि अब आगे क्या करना है। ये देख प्रदीप ने मुस्कुराते हुए नेहा को देखा और उसके सामने कुर्सी पर आकर बैठ गया। वो अपने परिचित अंदाज़ से अपनी गर्दन इधर-उधर घूमा रहा था। दलबीर जनता था कि जब भी प्रदीप ऐसे गर्दन घूमता है तो अपने पिटारे से कुछ न कुछ ज़रूर निकलता है। प्रदीप ने नेहा के सामने एक मुस्कराहट बिखेरते हुए कहा-

"देखो नेहा सही कहा तुमने ये पुलिस वाले कई बार अपनी पावर का ग़लत इस्तेमाल करते हैं और असली मुजरिम को पकड़ने की बजाए अपनी सारी पावर किसी कमज़ोर बेगुनाह को मुजरिम साबित करने में लगा देते हैं।" वो ये बात अब नेहा की आँख में आँख डालकर कह रहा था और नेहा ख़ुद को प्रदीप के अगले सवाल के लिए तैयार कर रही थी। प्रदीप ने एक लम्बा साँस लेते हुए कहा-

"और तुम अब इंस्पेक्टर दलबीर के हत्ते चढ़ गयी हो और मुझे पूरा यक़ीन है कि ये अपनी सारी पावर तुम्हें मुजरिम साबित करने में लगा देंगे और कामयाब भी हो जायेंगे। मैं इनकी क़ाबिलियत को जनता हूँ।"

नेहा- "पर मैं आपसे कह रही हूँ कि मैंने पूजा का ख़ून नहीं किया!"

प्रदीप- "फिर किसने? आई मीन तुम्हें किसी पे शक?

नेहा- "शायद .. शायद प्रेम ने?"

प्रदीप- "शक? कि यक़ीन?"

नेहा- "मुझे क्या पता? आप ही ने अभी-अभी कहा है कि दोनों एक ही कमरे में ज़ख़्मी हालत में मिले। प्रेम के हाथ में चक्कू था।"

"वो कमरा तुम्हारा था.... तुम उसमें रुकी हुई थीं।" प्रदीप ने अपनी आवाज़ हल्की सी ऊपर करते हुए कहा।

"मैंने कहा मैं रात को कमरा छोड़ चुकी थी!" नेहा से अब बर्दाश्त नहीं हो रहा था वो फूट-फूट के रो पड़ी।

"मैं कुछ नहीं जानती... कुछ नहीं जानती!"

प्रदीप- "ठीक है तो जो जानती हो वो बताओ!" नेहा ने देखा कि प्रदीप रुकने का नाम नहीं ले रहा था। उसके पास हर सवाल के जवाब में एक नया सवाल था। प्रदीप ने नेहा को आश्वासन देते हुए कहा-

"देखो नेहा तुम्हारे पास ख़ुद को बचाने के लिए सिर्फ़ एक ही रास्ता है कि तुम मुझे पूरी कहानी सच-सच सुनाओ.. नहीं तो..." नेहा ने हैरानी जतलाते हुए कहा-

"नही तो क्या?.. मतलब क्या है आपका? ग़लती कर दी जो आपके कहने पर यहाँ चली आयी। हाँ मैं आयी थी अपनी बहन और जीजा के साथ घूमने। इसमें क्या बुराई है! और फिर किस बिनाह पर आप मुझ पर ये इल्ज़ाम लगा रहे हैं?"

प्रदीप- "क्यों कि तुम्हारी बहन की लाश तुम्हारे कमरे में मिली है!"

नेहा- "मैंने कहा मैं अपना कमरा छोड़कर जा चुकी थी, उसके बाद कौन मेरे कमरे में आया, मुझे क्या मालूम। आपको एक बार में बात समझ नहीं आती? बार-बार एक ही सवाल पूछे जा रहे हैं!" प्रदीप नेहा की आँखें पढ़ रहा था जिनमें कई राज़ छुपे थे जो नेहा बताना नहीं चाहती थी। नेहा ने अपनी नज़रें घूमाते हुए प्रदीप के हर सवाल को नकारते हुए कहा-

"आप मुझसे यूँ ही कुछ भी नहीं उगलवा सकते, समझे? मुझे अपने घरवालों से बात करनी !" दलबीर की अब सब्र की सीमा पार होने लगी थी। उसने टेबल पर ज़ोर से हाथ मारते हुए कहा-

"बोलती हो या दूसरा रास्ता अपनाऊँ?" नेहा भी बेबाक थी। उसने भी टेबल को धक्का देते हुए कहा-

" मारो! मरोगे मुझे? मारो। वीडियो बनाकर वायरल कर दूँगी कि कैसे पुलिस वाले पूछताछ करने के बहाने से बुलाकर मासूम लोगों को जुर्म क़बूल करने के लिए मजबूर करते हैं!" दलबीर की आँखों में क्रोध देखकर प्रदीप ने उसे शांत रहने की सलाह दी। इस पर नेहा ने आगे कहा-

"जो करना है कर लो, पर मैं ऐसा कोई भी बयान नहीं दूँगी जो आप चाहते हैं। मुझे कुछ नहीं पता ना ही मैं जानती हूँ।" ये देख दलबीर ने दरवाज़ा खोलकर दो लेडी हवलदार को बुलवाया और उन्हें नेहा को पुलिस स्टेशन ले जाने का आदेश दे दिया। दलबीर का आदेश पाकर हवलदार नेहा को घसीटने लगे और नेहा यही चिला रह थी-

"ग़लत कर रहे हैं आप। बिना किसी सबूत के आप मुझे रोक नहीं सकते... मैंने पूजा का ख़ून नहीं किया।" नेहा के जाते ही दलबीर ने प्रदीप की ओर देखा जो अपने दिमाग़ में कोई नयी गणित कर रहा था। उसने उत्सुकतावश प्रदीप से पूछ लिया-

"क्या लगता है आपको?" इस पर प्रदीप ने मुक्सुराकर कहा-

"लगा तो आपको है, आपने उस लड़की को पुलिस स्टेशन भेज दिया।"

दलबीर- "प्रदीप जी तेवर देखे थे उसके? ऊपर से उसके कमरे से एक दो लाशें बरामद हुई हैं।"

प्रदी- "तो उससे वो मुजरिम तो साबित नहीं हो जाती?"

दलबीर- "पर अगर हुई तो? अगर मैं उसे जाने की इज़ाज़त दे दूँ और वो फ़रार हो गयी तो?" प्रदीप ने मुस्कुराते हुए कहा-

"देखा फिर आपको बहुत जल्दी है केस क्लोज़ करने की, अभी तो हमें ये भी नहीं पता कि प्रेम ने पूजा को मारा है कि बचाव में पूजा ने उसे! या फिर कोई तीसरा है जिसने इन दोनों पर हमला किया और अगर कोई तीसरा है तो वो नेहा है या कोई और? अब ये बात तो तभी सामने आयेगी जब एक बार पोस्टमॉर्टम की रिपोर्ट आ जाये या फिर प्रेम को होश!" दलबीर ने प्रदीप की बात को समझते हुए अपना गुस्सा शांत किया। प्रदीप ने दलबीर को पानी का गिलास पकड़ाते हुए कहा-

"फ़िलहाल इस कहानी में तीन पात्र हैं.. एक पूजा जिसकी मौत हो गयी है.. दूसरा उसका पति प्रेम जो हॉस्पिटल में ज़िन्दगी और मौत से लड़ रहा है और तीसरी नेहा, फ़िलहाल नेहा ही है जो इस कहानी की बिखरी हुई कड़ियों को जोड़ सकती है।" कहते हुए उसने जेब से सिगरेट निकाली। दलबीर ने भी उसके पैकेट से एक सिगरेट निकालते हुए पूछा-

"आपको लगता है कि वो लड़की इतनी आसानी से मुँह खोलेगी? बस एक सबूत मिल जाये न.." वो अपनी बात पूरी ही नहीं कर पाया था कि एक हवलदार ने दलबीर को कुछ सामान लाकर दिया जो उसे पूजा और प्रेम के कमरे से मिला था। यानी कमरा नंबर ३२० से। उस सामान में पूजा और प्रेम के मोबाइल भी थे। प्रदीप ने प्रेम का मोबाइल उठाते हुए हवलदार से पूछ लिया-

"ये कमरा नंबर ३२० से मिला तुम्हें?"

हवलदार- "जी सर!" प्रदीप ने मोबाइल देखना शुरू किया, तो उसकी आँखें चमक उठीं। उसने एक लंबा कश लेते हुए कहा-

"लो आपको नेहा की ज़ुबान खुलवाने के लिए कोई सबूत चाहिए था ना? ये रहा!" कहते हुए उसने दलबीर के हाथ में प्रेम का मोबाइल थमा दिया। दलबीर ने जब प्रेम का मोबाइल देखा तो उसकी आँखों में भी एक चमक आने लगी। मानो उसके हाथ जैकपोट लग गया हो।

उधर पुलिस स्टेशन में नेहा परेशान बैठी थी। वो बार-बार हवलदार को अनुरोध कर रही थी कि उसका मोबाइल दे दें, उसने अपने घरवालों से बात करनी है, पर उसकी कोई नहीं सुन रहा था। अचानक उसने देखा सामने ही दलबीर अपनी सिगरेट सुलगा रहा था। नेहा ने वहीं से चिल्लाते हुए कहा-

"तुम मुझे ज़बरदस्ती फँसा रहे हो। यही करते हो पुलिस स्टेशन में मासूम लोगों के साथ?" इतना सुनते ही दलबीर तेज़ी से उसकी और आया और प्रेम का

मोबाइल दिखाते हुए नेहा से कहा-

"तो क्या है ये? बोल दो ये वीडियो भी झूठ है?" नेहा के होश उड़ गये। उस वीडियो में उसकी और प्रेम की एक अश्लील फ़िल्म चल रही थी। जहाँ वो और प्रेम निर्वस्त्र, प्रेम क्रीड़ा में लीन थे। दलबीर ने नेहा से मोबाइल छीनते हुए कहा-

"इस वीडियो में तुम और तुम्हारा जीजा प्रेम ही हैं न? यही ग़लत था जो तुम ठीक करके गयी थीं? है ना?... क्या बोली थीं कि बहन और जीजा के साथ घूमने नहीं आ सकती? तुम उनके साथ घूमने आयी थीं कि घुमाने? बोलो ये तुम ही हो ना, या तुम्हारे घरवालों को बुलवाकर इस वीडियो की पुष्टि करूँ?" नेहा जानती थी वो फँस चुकी है। वो वहीं बैठकर रोने लगी-

"हाँ ये मैं ही हूँ...पर मैंने पूजा को नहीं मारा... नहीं मारा.." दलबीर ने थोड़ी नर्मी दिखाते हुए कहा-

"देखो अगर तुम चाहती हो कि हम तुम्हारी मदद करें तो हमें सारी कहानी बताओ सच सच। इस वीडियो की सच्चाई की कहानी!"

नेहा की आँख मैं आँसू थे। वो समझ गयी थी कि पुलिस को सच्चाई बताने के सिवा उसके पास कोई रास्ता नहीं था। और अगले ही पल पुलिस स्टेशन के एक कमरे में नेहा प्रदीप और दलबीर के सामने बैठी थी। दलबीर ने अपने मोबाइल में रिकॉर्डर ऑन कर दिया। प्रदीप ने नेहा को रिलैक्स्ड करते हुए कहा-

"बोलो जो भी बोलना है, पर याद रखना तुम्हारे बयान की सच्चाई ही तुम्हें बेगुनाह साबित कर सकती है!" नेहा अतीत में जाने लगी। मानो वो सारे घटनाक्रम को याद करने की कोशिश कर रही थी। उसके दिमाग़ में जैसे अब सारी बातें किसी फ़िल्मी फ़्लैशबैक की तरह घूमने लगी थीं।

इस कहानी की शुरूआत कुछ दिन पहले छतरपुर से हुई थी। दिल्ली से सटे छतरपुर के एक फ़ार्म हाउस में शादी का माहौल था। हर तरफ़ रौनक़ ही रौनक़ थी। सामने एक बड़ा-सा बोर्ड चमक रहा था। प्रेम वेड्स पूजा। दो दिन बाद प्रेम शर्मा और पूजा पाण्डेय की शादी जो थी। यह एक अरेंज्ड मैरिज थी। प्रेम के पिता सुरेश शर्मा और पूजा के पिता सिद्धेश्वर पाण्डेय बचपन के दोस्त थे। इसी के रहते उन्होंने अपनी दोस्ती को रिश्तेदारी में बदल लिया था। पूजा को तो प्रेम पहली नज़र में ही भा गया था। पूजा की मम्मी ने जब पूजा को प्रेम की तस्वीर दिखायी थी तो उसने तभी ही शर्माकर हामी भर दी थी और एक महीने में ही शादी की तारीख़ भी निकल आयी। पाण्डेय जी और शर्मा जी ने मिलकर

छतरपुर में एक रिसोर्ट बुक कर डाला। नज़दीकी रिश्तेदारों और दोस्तों को ही निमंत्रण भेजा था।

उसी रिसोर्ट में सभी रस्में एक साथ करने का फ़ैसला दोनों परिवारों का ही था। हाँ डेस्टिनेशन मैरिज। हर तरफ़ ख़ुशी का माहौल था। रिसोर्ट के एक तरफ़ लड़की वाले और दूसरी तरफ़ लड़के वाले। इधर लड़की वालों के यहाँ पूजा को हल्दी लग रही थी। उसकी चाचियाँ, उसकी मामियाँ सभी उसके गोरे बदन पर हल्दी लगाकर उसे निखार रही थीं और सबसे आगे थी बिंदु चाची। बिंदु चाची पूजा से तक़रीबन ६-७ साल ही बड़ी रही होंगी इसीलिए वो कुछ ज़्यादा ही खुली हुई थीं पूजा से। बिंदु चाची ने देखा कि सभी औरतें पूजा के पाँव पर या बाज़ुओं पर हल्दी लगा रही थीं, मानो सिर्फ़ औपचारिकता कर रही हों। बिंदु चाची की नज़र नेहा से मिली और दोनों ने आँखों ही आँखों में ये तो तय कर लिया था कि सब बहुत बोरिंग चल रहा है। मज़ा नहीं आ रहा। बस फिर क्या था बिंदु चाची को शरारत सूझी, उसने मट्ठी में ढेर सारा हल्दी का लेप उठाया और पूजा का ब्लाउज़ खोलकर उसके अंदर अपना हाथ घुसा दिया। पूजा को तो बिंदु चाची की इस हरकत की उम्मीद ही नहीं थी। उसने कस कर अपना ब्लाउज़ पकड़कर अपने गले के साथ दबा लिया और चिल्लाने लगी-

"अरे!.. ये क्या कर रही हो चाची...?" बिंदु चाची की नज़रें नेहा से मिलीं, दोनों के बीच इस शरारत को लेकर सहमती हुई और फिर बिंदु ने पूजा पर अपनी पकड़ मज़बूत करते हुए कहा-

"अब भाला चाची से कैसी शर्म? वही तो तेरे पास है जो मेरे पास.." कहते हुए उसने हाथ में और हल्दी भरी और पूजा के ब्लाउज़ में हाथ डालकर उसके वक्षों पर मसलने लगी। पूजा को गुदगदी सी हो रही थी।

पूजा- "क्या कर रही हो चाची, गुदगुदी हो रही है।" कि एक मामी ने फब्ती कसते हुए कहा-

"प्रेम तो और भी कई जगह छूएगा.. तब भी यही कहगी कि गुदगुदी हो रही है?" कहते हुए वो क्या हँसी वहाँ बैठी सभी औरतें हँस दीं। पूजा को तो जैसे समझ ही नहीं आया कि इसमें हँसने की क्या बात थी! इतनी सीधी थी पूजा और यह बात उसकी छोटी बहन नेहा जानती थी। पूजा के विपरीत एक दम चंट थी नेहा। नेहा पूजा से बेशक एक साल छोटी थी पर बातों में पूजा से कहीं बड़ी। वो भी चाची और मामी के इस मज़ाक़ में शामिल हो गयी।

"चाची ज़रा बताओ तो सही जीजा जी दीदी को कहाँ कहाँ छुएँगे?" बिंदु चाची को समझने में देर नहीं लगी कि नेहा अब मज़ाक़ के मूड में है। उसने मामी को आँख मारी जिसने इस मज़ाक़ में अपने शामिल होने की सहमती दे दी थी।

बिंदु चाची- "नेहा ज़रा दरवाज़ा तो बंद कर।" इतना सुनते ही नेहा ने फट से कमरे का दरवाज़ा बंद कर दिया और फिर बड़ी चाची और मामी ने तो पूजा के हाथ-पाँव पकड़ लिये।

"अरे!अरे! ये क्या कर रही हैं आप लोग?" पूजा ने घबराते हुए पूछा। पर इन औरतों के आगे उसकी एक नहीं चल रही थी और फिर जो हुआ पूजा को तो उसकी कल्पना भी नहीं थी। सबने मिलकर पूजा के हाथ-पाँव पकड़ लिये। किसी ने उसका ब्लाउज़ खोल दिया तो किसी ने उसका घाघरा ऊपर उठा दिया और फिर एक लोक गीत गाते हुए उसके बदन पर हल्दी का उबटन लगाने लगे। लोक गीतों के बोलों में किसी सुन्दरी की ख़ूबसूरती की प्रशंसा थी। उसके हर अंग के बारे में ज़िक्र और जिस अंग का नाम उस गीत में आता। सभी औरतें उसी अंग पर हल्दी मलने लगतीं। पूजा इस बेहूदगी से छटपटा उठी-

"व्हाट इस दिस नॉनसेंस... मम्मी! मम्मी!"

चाची- "इसमें तेरी मम्मी क्या कर लेगी पूजा? ये तो हमारे ख़ानदान की परम्परा है। हर नवेली दुल्हन के बदन को उसके पति के लिए यूँ ही हल्दी और उबटन का लेप लगा के सजाया जाता है ताकि वो अपनी नयी नवेली दुल्हन के बदन को ऐसे छुकर आनंद ले सके। ये जो हम कर रहे हैं न?.. ये सब प्रेम करेगा.. बस उसे इमेजिन कर.." कहते हुए वो हँस दीं। पूजा देखकर हैरान थी कि इतनी सीधी सांस्कारिक दिखने वाली उसकी मामियाँ और चाचियाँ, इस तरह की गंदी और बेहूदा बातें भी कर सकती हैं। पर चाहकर भी वो उन सब का विरोध नहीं कर पा रही थी। धीरे-धीरे पूजा ने आँख बंद करके अपने बदन को उन सबके हवाले कर दिया था। अब पूजा के बदन पर हल्दी की एक चादर-सी बन गयी थी। अब उसे भी सभी औरतों का स्पर्श अच्छा लगने लगा था। नेहा भी अब ये सारा नज़ारा देखकर हैरान थी। पूजा की ये हालत देख उसके मन में भी तितलियाँ उड़ने लगीं। उसका भी मन कर रहा था कि ये सब उसके साथ भी हो कि अचानक उसने देखा चाची अब पूजा की दोनों टाँगों के बीच हल्दी का लेप लगा रही है, पर अचानक चाची का हाथ पूजा की दोनों टाँगों के बीच में जाकर रुक गया-

"ये क्या पूजा तूने यहाँ नीचे से क्लीनिंग नहीं करवाई?" और सभी औरतें पूजा का घाघरा उठाकर उसकी टाँगों के बीच झाँक कर देखने लगीं। अब पूजा का सब्र का बाँध टूट रहा था। वो ज़ोर-ज़ोर से अपनी टाँगे हिलाकर छटपटाने लगी।

"बेशरम हो गये हो आप सभी लोग। ऐसा कौन करता है?" वो रोने की कगार पर थी, पर वो कुछ कर नहीं पा रही थी क्योंकि औरतों ने उसके हाथ पाँव जकड़े हुए थे और लोक गीत गाने में मस्त थीं।

पूजा- "चाची स्टॉप इट ...नेहा मम्मी को बुला... मम्मी को बुला!" वो ज़ोर से चिल्ला रही थी। पर नेहा भी अब मज़े लेने के मूड में थी। चाची के कहने पर तो वो हेयर रिमूवर ले आयी। पूजा के होश उड़ गये, उसने देखा दो महिलाओं ने उसके हाथ जकड़ लिये और छोटी मामी की मदद से चाची ने पूजा की टाँगे फैला दीं। ये देख पूजा डर गयी। उसका मुँह खुल गया।

"ये क्या करने लगे हो आप लोग? ये क्या बदतमीज़ी है? हाथ छोड़ो मेरे नहीं तो चिलाऊँगी!!" नेहा ने हेयर रिमूवर की डिब्बी खोलते हुए चाची के हाथ में थमा दी और चाची अब लोक गीत गाते हुए हेयर रिमूवर से पूजा की टाँगों के बीच लगाने लगी थी। पूजा का रोना निकल आया, "इसकी क्या ज़रूरत है?"

चाची- "ज़रूरत तेरी नहीं अली बाबा की है जो सिम सिम का दरवाज़ा खोलने आयेगा और उसे कोई रुकावट नहीं मिलनी चाहिए।" इतना सुन सभी औरतों की हँसी छूट गयी और बेचारी पूजा इन औरतों के पागलपन पर रोये जा रही थी। नेहा ने आज जाना कि अलीबाबा किसे और सिम सिम वाली गुफा किसे कहते हैं। उसके बाद चाची ने एक कपड़े का टुकड़ा उठाया और पूजा की टाँगों के बीच में रख दिया। पूजा जानती थी कि इसके बाद क्या होने वाला था। वो पहले ही चिल्लाने लगी, पर चाची ने बिना परवाह किये उस कपड़े को ज़ोर से खींच डाला और पूजा की चीख़ उस लोक गीत के शोर में दब के रह गयी। वो रोये जा रही थी।

"बहुत ग़लत कर रहे हो तुम लोग!!" बेशक पूजा के आँसू निकल आये थे। पर नेहा का मन तो प्रेम और पूजा की सुहागरात तक पहुँच चुका था कि बड़ी चाची की आवाज़ ने उसे चौंका दिया।

बड़ी चाची- "जल्दी करो लड़के को भी हल्दी लगाने जाना है.." उधर लड़के वालों के यहाँ यही कार्यक्रम चल रहा था। प्रेम को उसकी भाभियाँ हल्दी लगा

रही थीं और प्रिया अपनी टीम के साथ इस पूरे कार्यक्रम की फ़ोटोग्राफ़ी कर रही थी कि तभी प्रेम की माता जी श्रीमती पाण्डेय ने आकर बताया-

"लड़की वाले प्रेम को मेहँदी लगाने आ रहे हैं.."उसने प्रिया को भी कहा-

"प्रिया सबकी अच्छी-सी तस्वीरें खींचना। एल्बम में कमी नहीं रहनी चाहिए।"

प्रिया- "जी आंटी जी..." कहते हुए उसने अपना कैमरा नीचे किया और उसका कार्ड बदलने के लिए अंदर अपने कमरे की ओर चली गयी। प्रेम भी खड़ा हो गया। ये देख उसकी मम्मी ने उसका हाथ पकड़ते हुए पूछ लिया-

"अरे तू कहाँ जा रहा है प्रेम? ऐसे बीच में नहीं उठते अपशगुन होता है।"

प्रेम-"मम्मी बाथरूम आ रहा है, यहीं निकल गया तो वैसे ही शगुन अपशगुन हो जायेगा!" यह सुन सभी हँस पड़े। प्रेम की ताई जी ने कह दिया-

"जाने दे लीला, कोई अपशगुन न होता। हल्दी तो लग चुकी है।" ताई की बात पर प्रेम को अंदर जाने की इजाज़त मिल गयी थी।

कुछ देर बाद उस हॉल में लड़की वाले प्रेम को हल्दी लगाने पहुँच गये। नेहा, उसकी चाचियाँ, मामियाँ, सभी औरतें वहाँ आ गयी थीं। नेहा की नज़रें प्रेम को तलाश रही थीं। उसने प्रेम की मम्मी से पूछ लिया-

"आंटी जी जीजू कहाँ हैं? दिख नहीं रहे.. या हमारे डर से छुप गये हैं?" इतना सुन सभी हँस पड़े। प्रेम की मम्मी प्रेम को पुकारने ही वाली थी कि तभी प्रेम आ गया। प्रेम की मम्मी ने प्रेम को प्यार से बिठाते हुए नेहा से कहा-

"लो! आ गया तेरा जीजू, कर ले अपने अरमान पूरे.." और फिर बिंदु चाची ने हल्दी रस्म शुरू कर दी। सभी औरतें लोक गीत गाने लगीं और प्रेम के बदन पर हल्दी लगा रही थीं। इस बार गीत के बोलों में लड़के को उसकी होने वाली पत्नी के लिए सँवारने की बात हो रही थी। नेहा देख रही थी कि प्रेम का बदन वर्ज़िशी है। माँसपेशियाँ काफ़ी सख़्त हैं। उसके मन में कई ख़याल आने लगे कि इन्हीं सख़्त मसल्स को उसकी बहन कल रात छूएगी। नेहा ने देखा कि प्रेम ने पायजामा पहना हुआ है और वो चुपचाप सभी औरतों से हल्दी लगवा रहा था। नेहा अब कल्पना करने लगी कि प्रेम के पायजामे के अंदर अली बाबा आराम कर रहा होगा! जो कल रात उसकी बहन की सिम सिम में प्रवेश करेगा। कैसा होगा? ये जानने के लिए उसके मन की उत्सुकता बढ़ने लगी थी। उसे एक शरारत सूझी। उसने चाची के कान में कहा-

"चाची जीजा जी को भी वैसे ही हल्दी लगाओ न जैसे पूजा दीदी को लगायी थी!" चाची नेहा की बात समझकर ख़ुद ही शर्मा गयी।

"पागल हो गयी है क्या.. चुप ऐसी बात नहीं करते।"

नेहा- "क्यों? दीदी के साथ वो सब कर सकते हो, जीजा के साथ क्यों नहीं?" वो इतनी ज़ोर से बोली कि सभी देखने लगे के आख़िर नेहा ने क्या बोला! बल्कि सब अब ये जानना चाहते थे कि नेहा क्या चाहती है। प्रेम की मम्मी ने नेहा से प्यार से पूछ ही लिया-

"बोल नेहा बेटा क्या बात है? मुझे बता.. शर्मा नहीं अब ये घर भी तेरा भी है .. बोल!" बिंदु चाची घबरा रही थी कि कहीं मुँहफट नेहा कुछ उल्टा-सुलटा न बोल दे। पर वही हुआ, नेहा ने बेबाक होकर सबके सामने प्रेम की मम्मी से कह दिया-

"आंटी जी जब मेरी दीदी को हल्दी लगी, तो उसके सारे कपड़े उतार कर उसके पूरे बदन पर हल्दी लगायी गयी, ये कहकर जीजा जी उसके पूरे बदन को छुएँगे तो उनको अच्छा लगेगा.. और जब जीजा जी की बारी आयी तो इन्होंने तो कमर से लेकर पाँव तक सब ढँक रखा है। क्यों पूजा दीदी जीजा जी को कमर के नीचे नहीं छूएगी क्या?" नेहा की ये बातें सुनकर सभी औरतें अपनी बग़लें झाँकने लगीं कि कैसी अजीब लड़की है ये और बिंदु चाची ने तो उसे चिमटी काटते हुए चुप रहने की सलाह दे डाली।

"चुप कर जा नेहा.. क्या बकवास किये जा रही है। कोई अक्ल वक्ल नाम की चीज़ है कि नहीं तुझमे?" पर नेहा तो समझ रही थी कि उसकी बात में तर्क है। उसने अगला सवाल प्रेम की मम्मी पर दाग दिया। जिससे प्रेम की मम्मी अब पानी पानी हो गयी-

"आंटी जी आप ही मुझे बताइए एक लड़के के लिए लड़की के हर अंग को सँवारा जाता है। सर से पाँव तक हल्दी उबटन लगाया जाता है.. तो लड़के को ऐसे आधा ढँक कर क्यों रखा जाता है? ये कहाँ की परम्परा हुई भला?" इतना सुनकर सबने अपने कान बंद कर लिये। बिंदु चाची ने तो नेहा को डाँटते हुए कह दिया-

"तू जा यहाँ से, तेरी कोई ज़रूरत नहीं है!" पर नेहा जाने को तैयार नहीं थी। नेहा का बेबाकपन देखकर प्रेम की मम्मी वहाँ से कहते हुए निकल गयी-

"बेटा अब प्रेम तुम्हारा है जो मर्ज़ी करो इसके साथ.." प्रेम भी कहाँ कम

था.. वो तो नेहा की बड़ी-बड़ी आँखों में उसकी मासूमियत देखकर दंग था। नेहा की आँख में आँख डालते हुए उसने फट से अपने पायजामे का नाड़ा खोलना शुरू कर दिया। यह देख वहाँ सभी औरतों ने आँखें बंद कर लीं।

चाची- "नहीं नहीं दामाद जी.. ये नेहा तो पागल है... मत करो ये सब!" बेशक सब औरतों ने अपनी आँखें बंद कर लीं थी पर नेहा ने नहीं। उसकी उत्सुकता बढ़ रही थी। वो देखना चाहती थी कि पूजा की सिम सिम के लिए उसका अलीबाबा कैसा होगा।

प्रेम ने तब अपना पायजामा खोलकर सबको चौंका दिया। उसने नीचे वो एक भूरे रंग का वी शेप जाँघिया पहने हुआ था। सभी औरतों की जान में जान आयी कि प्रेम ने कम से कम नीचे कुछ तो पहना हुआ था, पर ये देख नेहा निराश हो गयी। उसकी तो अली बाबा के दर्शन की अभिलाषा ही रह गयी थी। वक़्त बर्बाद न करते हुए बिंदु चाची ने लोक गीत गाते हुए हल्दी का कार्यक्रम शुरू कर दिया और प्रिया इस पूरे कार्यक्रम को अपने कैमरे में क़ैद करने लगी। नेहा ने हल्दी का लेप लेकर प्रेम की टाँगों पे मलना शुरू कर दिया और फिर धीरे-धीरे उसकी मज़बूत जाँघों पर। उसके हाथ प्रेम के जाँघिये को छूने को मचल रहे थे। मानो वो जानना चाह रही थी कि ऐसा क्या छुपा रखा है प्रेम ने जो उसकी बहन पूजा को मिलने वाला है और प्रेम अब समझ चुका था कि बेशक नेहा बड़बोली है पर है मासूम। चाची ने यह देख लिया और उसने नेहा का हाथ पीछे करके कार्यक्रम को जल्दी से ख़त्म कर दिया और सभी औरतें प्रेम को आशीर्वाद देकर निकल गयीं। लड़की वालों के जाते ही प्रेम की मम्मी अंदर आयीं-

"कितनी बेशर्म है यह लड़की नेहा!" कि प्रेम की चाची ने कहा-

"भाभी आज कल की लड़कियाँ ऐसी ही होती हैं, वैसे उसकी बात में लॉजिक तो था। आप ही जवाब नहीं दे पायीं!" कहते हुए सभी हँस दिए। पर प्रेम के दिमाग़ में नेहा छा चुकी थी। अब वो उस मौक़े की तलाश में था जब नेहा से वो अकेले में मिल सके।

पूरे बारातघर में एक हलचल थी। सभी ऐसे घुले मिले थे जैसे कि एक ही परिवार के हों। अक्सर ऐसी शादियों में ऐसा ही माहौल होता है, ख़ास कर जब दोनों तरफ़ का हलवाई एक ही हो। उस दिन हलवाई गरमा-गरम पकोड़े तल रहा था और नेहा लड़की की बहन होने का अपना हक़ दिखाते हुए लाइन तोड़कर सबसे आगे आ गयी और अपनी प्लेट हलवाई के आगे करते हुए बोली-

"भईया जी पहले मुझे दे दो.." प्रेम की मामी भी वहीं खड़ी थी, उसने हँसते हुए कहा-

"नेहा ऐसे कैसे तू लाइन तोड़कर आगे आ रही है!"

नेहा- "आंटी लड़की की बहन हूँ, पूजा के लिए ले जा रही हूँ!"

मामी- "मैं भी लड़के की मामी हूँ, ये पकोड़े तेरे होने वाले जीजा प्रेम के लिए ले जा रही हूँ!" कि तभी प्रेम वहाँ पहुँच गया, शायद पहले से ही वहीं-कहीं था। बस नेहा के क़रीब आने का इंतजार कर रहा था। उसने मामी से प्लेट लेते हुए कहा-

"जाने दो मामी जी, हमारी होने वाली साली है और साली का हक़ तो घरवाली से ज़्यादा होता है।" कहते हुए उसने नेहा को मुस्कुराकर देखा। नेहा प्रेम की तीखी नज़रों को ज़्यादा देर बर्दाश्त नहीं कर पायी। उसने नज़रें झुकाते हुए कहा-

"नहीं जीजा जी, पहले आप ले लीजिए.." इतना सुन मामी वहाँ से कहते हुए निकल गयी-

"वाह प्रेम अब तो तू ससुराल वालों का हो गया है, अब तो तेरी साली ही तेरी सेवा करेगी!" प्रेम ने हलवाई से प्लेट में गरम पकोड़े डलवाकर नेहा को अलग ले जाकर प्लेट उसके आगे कर दी

"लो.. ले जाओ।" नेहा ने शिष्टाचार का परिचय देते हुए कहा-

"नहीं जीजा जी, आप पहले ले लीजिये।"

प्रेम- "ना, अब तो न खाते हम ये पकोड़े!"

नेहा- "क्यों?"

प्रेम- "-अब तो जलन हो रही है हमें तुम्हारी दीदी से?"

नेहा ने हैरानी से पूछा, "क्यों?"

प्रेम ने हँसते हुए कहा, "भाई पूजा को पकोड़े खिलाने के लिए इतनी सुंदर नेहा है और हमें देखो बूढ़ी मामी खिला रही थी!" नेहा ने प्रेम की अठखेली को समझते हुए कहा-

"ओके जीजा जी, लीजिये हम आपको ऑफ़र कर देते हैं!" कहते हुए उसने प्लेट लेकर प्रेम के आगे कर दी। प्रेम को पकोड़ों से ज़्यादा नेहा के सौन्दर्य में दिलचस्पी थी। एक ही पल में उसने नेहा को ऊपर से नीचे तक नाप लिया था। उसने प्लेट को पीछे करते हुए कहा-

"ना! अब तो हम पकोड़े तब खाएँगे जब तुम हमें देने आयोगी। सामने ऊपर कोने वाला कमरा मेरा है!" कहकर मुस्कुरा कर चला गया। नेहा को समझ नहीं आ रहा था कि उसे क्या करना चाहिए! पर इतना तो वो जानती थी कि प्रेम उसका होने वाला जीजा है तो उसे सेवा करवाने का हक़ भी है। ये सोच वो मुस्कुरायी और प्रेम के कमरे की ओर चल पड़ी।

प्रेम का कमरा पहली मंज़िल पर कोने में था। जहाँ कम ही लोग आते-जाते थे। नेहा पकोड़ों की प्लेट लेकर प्रेम के कमरे के पास पहुँच गयी। उसने जैसे ही दरवाज़े पर हल्की-सी दस्तक दी, अंदर से प्रेम की आवाज़ आयी-

"अंदर आ जाओ.." नेहा दरवाज़ा खोलकर अंदर आ गयी। नेहा ने देखा कि वहाँ बिस्तर पर प्रेम के कपड़े बिखरे हुए हैं और वहाँ शीशे के सामने प्रेम शेव करने के लिए चेहरे पर साबुन लगा रहा था। प्रेम के बदन पर कोई कपड़ा नहीं था। सिर्फ़ नीचे पायजामा पहन रखा था। नेहा ने देखा प्रेम का बदन बहुत सुडोल है। उसने नज़रें झुकाकर कहा-

"लीजिये आपके लिए पकोड़े लायी हूँ.." प्रेम ने मुड़कर नेहा को देखा। वाक़ई अनछुई कच्ची कली थी नेहा। ज़ुबान की बेशक तेज़ रही हो पर एक दम मासूम। प्रेम प्लेट पकड़ने के बहाने नेहा का हाथ पकड़ लिया। नेहा सिहर उठी। ये देख प्रेम ने मुस्कुराते हुए पूछ लिया-

"अरे तुम तो डर गयीं, नाबालिग़ हो?" नेहा को प्रेम से ऐसे किसी भी सवाल की उम्मीद नहीं थी।

नेहा- "नहीं! २३ की हूँ।" प्रेम ने छेड़ते हुए कहा- "बिहेवियर तो १५ साल की लड़की की तरह कर रही हो, अच्छा चलो अपने हाथ से पकोड़े खिलाओ अपने जीजा जी को.."

नेहा- "आप ख़ुद खा लीजिये!" हिचकिचाते हुए कहा। प्रेम में नेहा के हाथ अपने मुँह के पास ले जाते हुए कहा-

"क्यों डर लग रहा है कि मैं तुम्हारा हाथ खा जाऊँगा, सुबह तो खुलकर मेरे बदन पर हल्दी लगा रही थीं, तब घबराहट नहीं हो रही थी?" कहते हुए वो नेहा का हाथ अपने होंटो के पास ले आया। नेहा समझ गयी थी कि प्रेम ने उसे ऐसी बात पर घेर लिया था जिसका जवाब उसके पास नहीं था। नेहा ने सर झुकाकर अपने हाथ प्रेम के होंटों के नज़दीक कर दिया जिससे वो पकोड़ा खा सके और प्रेम ने मौक़े का फ़ायदा उठाकर नेहा की दो उँगलियाँ ही अपने मुँह में डाल लीं

और अपने होटों से लगभग चाट डालीं। नेहा सिहर उठी। वो तो बस प्लेट वहाँ रखकर जाना चाहती थी कि प्रेम ने उसकी कलाई पकड़ते हुए कहा-

"क्या हुआ? ऐसा क्या कर दिया जो भाग रही हो?"

नेहा- "मुझे जाना है, देर हो रही है!" प्रेम ने अपने मज़बूत हाथों से नेहा को अपने क़रीब खींचते हुए कहा-

"क्यों मेरा साथ अच्छा नहीं लग रहा?" कहते हुए वो अपने गाल नेहा के इतने क़रीब ले आया कि उसके चेहरे पर लगा साबुन नेहा के गाल पर लग गया। नेहा सँभल पाती कि प्रेम ज़ोर-ज़ोर से हँसने लगा और नेहा के कँधे पकड़कर उसे शीशे के सामने कर दिया। नेहा ने देखा कि उसके चेहरे पर साबुन से दाढ़ी-मूँछ बन गयी है। नेहा ने प्यार भरी शिकायत करते हुए अपना चेहरा पोंछना शुरू कर दिया-

"ये क्या किया जीजा जी!" प्रेम ने नेहा के दोनों हाथ पकड़ लिया-

"नहीं रुको, एक ही बार पोंछना! तुम्हें एक खेल दिखता हूँ। बस सीधी खड़ी रहो।" कहते हुए उसने अपने गाल से नेहा के गाल पर साबुन लगाना शुरू कर दिया। पहले तो नेहा ने हल्का विरोध किया-

"जीजा जी प्लीज़ मुझे जाने दीजिये.." प्रेम ने नेहा के दोनों हाथ जकड़ते हुए कहा, "कुछ कहा मैंने? कुछ ग़लत किया? नहीं ना। बस एक खेल खेल रहा हूँ, साबुन खेल। बचपन में हम सब खेला करते थे!" कहते हुए उसने अब अपना चेहरा नेहा की गर्दन पर घूमना शुरू कर दिया। नेहा को अब प्रेम की ये छुवन अच्छी लग रही थी। उसका विरोध ढीला होता जा रहा था और प्रेम की पकड़ मज़बूत। प्रेम ने देखा कि नेहा की आँख बंद ,है उसके वक्ष उसके सामने थे। उसने साहस करके धीरे से अपने हाथ नेहा के एक वक्ष पर रख दिया। प्रेम का हाथ अपने वक्ष पर अचानक से पाकर नेहा चौंक उठी। उसने लगभग प्रेम को धक्का दे दिया-

"जीजा जी ये क्या कर रहे हैं आप, हटिये मुझे जाने दीजिये!" कहते हुए वो जाने को थी के प्रेम जोर से हँस पड़ा।

"सॉरी! सॉरी! यार मुझे नहीं पता था तुम एक डरपोक, पिछड़ी हुई नाबालिग़ बच्ची हो। सॉरी!" नेहा को ऐसा महसूस हुआ जैसे प्रेम ने ये तीन शब्द कहकर उसे गाली दे दी है। उसके अहम को ठेस पहुँच गयी थी। उसने वहाँ पड़े टॉवेल से अपना मुँह पोंछते हुए कहा-

"ना मैं डरपोक हूँ, ना पिछड़ी हुई और ना ही नाबालिग़!" इसके तुरंत बाद जो प्रेम ने जो किया नेहा को उसकी उम्मीद ही नहीं थी। प्रेम ने अपनी दोनों हथेलियाँ नेहा के वक्षों पर रख दीं।

प्रेम-"अभी साबित हो जायेगा!" कहते हुए उसने वैसे ही नेहा को दीवार की तरफ़ धकेल दिया। नेहा के बाल बिखर गये उसके साँसें बढ़ने लगीं थीं पर इस बार नेहा ने प्रेम का विरोध नहीं किया, वो गुस्से में प्रेम को देखे जा रही थी। नेहा की साँसें ज़ोर-ज़ोर से चल रही थीं। जिससे उसके वक्ष ज़ोर-ज़ोर से हिल रहे थे और प्रेम के हाथ उसके वक्षों से ताल-मेल बिठा रहे थे।

"वर्जिन हो?" प्रेम का अगला प्रश्न भी नेहा के अहम को एक और चोट पहुँचाने के लिए काफ़ी था। नेहा के जवाब से पहले ही प्रेम ने कह दिया-

"जानता हूँ, कभी किसी लड़के ने नहीं छुआ तुम्हें। इतने तने हुए आकर्षित वक्ष सिर्फ़ एक वर्जिन लड़की के ही हो सकते हैं। कभी इन्हें शीशे में देखा है? देखना ख़ुद महसूस करोगी कितने ख़ूबसूरत हैं, जिन्हें किसी की तारीफ़ की ज़रूरत है.." नेहा तो प्रेम की किसी भी बात का जवाब नहीं दे रही थी। वो बस प्रेम को देखे जा रही थी। प्रेम भी अब समझ चुका था कि चिड़िया जाल में फँस चुकी है। उसने नेहा के चेहरे पर अपनी साँस बिखरते हुए कहा-

"किस कर लूँ?" नेहा बस लम्बे-लम्बे साँस लेकर प्रेम को घूरे जा रही थी। उसकी लटें माथे पर बिखर कर प्रेम को आमंत्रण दे रही थीं कि प्रेम ने हिम्मत दिखायी और वो अपने होंट जैसे ही नेहा के गाल के नज़दीक लेकर गया, नेहा ने प्रेम को एक धक्का दिया और प्रेम के चेहरे पर तीन चार चपत जड़ डाले। प्रेम एकदम अवाक रह गया। उसे नेहा से इस रव्विये की उम्मीद नहीं थी। एक पल के लिए वो डर भी गया। उसने देखा कि नेहा अभी भी गुस्से से साँसें फूला रही है। अब प्रेम को लगा कि उसे नेहा से माफ़ी माँग लेनी चाहिए, पर उससे पहले ही नेहा वहाँ से भाग गयी। प्रेम की नज़रों में एक डर था कि कहीं नेहा ये बात किसी को जाकर बता ना दे।

उधर नेहा जैसे ही लड़की वालों की तरफ़ पहुँची, तो पाया वहाँ काफ़ी हलचल थी। हॉल में हर औरत अपनी सुविधा अनुसार जगह ढूँढ़ कर तैयार हो रही थी। ज़्यादातर सभी औरतें, चाची, ताई, मामियाँ, बुआ सभी तो पेटीकोट और ब्लाउज़ में ही थीं। किसी को किसी से शर्म नहीं थी कि अचानक बिंदु चाची ने उसके कँधे पर हाथ मर कर उसे चौंका दिया-

"कहाँ रह गयी थी तू? पकोड़े लेने गयी थी ना!" इतना सुनते ही नेहा के सामने प्रेम के संग उसकी मुलाक़ात में मंज़र उभर गये।

"वो मैं.. ज़रा अरेंजमेंट देख रही थी.." कहते हुए उसने देखा कि बिंदु चाची ने हाथ में एक छोटा-सा शीशा पकड़ा हुआ है और उसमें देखकर वो लिपस्टिक लगा रही है। उसने नीले रंग का ब्लाउज़ और पेटीकोट पहना हुआ था। जिसमें से चाची के बड़े-बड़े वक्ष ब्लाउज़ से दब रहे थे। अचानक चाची ने देखा कि नेहा उसके वक्षों को बड़े ध्यान से देख रही है।

"क्या देख रही है?" चाची ने अपने होंटों से लिपस्टिक को दबाते हुए पूछा। नेहा ने शरारत भरे स्वर में कहा-

"चाची चाचू आपके वक्षों की तारीफ़ करते हैं?" इतना सुन तो चाची का मुँह खुला का खुला रह गया-

"एक मिनट में यहाँ से चली जा नहीं तो थप्पड़ खा लेगी, चल जाकर तैयार हो, पता है न कीर्तन है। तेरी माँ को पता चल गया ना!" चाची की बात पूरी होने से पहले ही नेहा ने चाची के गाल चूम लिये और उसके वक्षों की तरफ़ इशारा करते हुए बोली-

"यू आर हॉट चाची.." और चाची को आँख मार कर कमरे में चली गयी। अब तारीफ़ किसे अच्छी नहीं लगती? चाची भी एक पल के लिए मुस्कुरायी और फिर से शीशे में देखकर अपने होटों पर लिपस्टिक लगाने लगी।

इधर नेहा जब कमरे में आयी तो देखा कि उसकी माँ पूजा का बैग पैक कर रही थी।

"ये देख इस तरफ़ तेरी सारी साड़ियाँ रखी हैं और इस तरफ़ ये तेरे नाइट सूट्स।" और पूजा भी किसी छोटे बच्चे की तरह हाँ में सर हिलाकर सब ध्यान से देख रही थी कि नेहा को देखकर उसकी माँ उस पर बरस पड़ी-

"आ गयीं महारानी। घर में इतना काम पड़ा है और इनके सैर सपाटे ही ख़त्म नहीं होते!"

नेहा- "माँ मुझे आज तक समझ नहीं आया कि मुझे देखकर तुम मुझ पर बरस क्यों पड़ती हो?"

माँ- "क्योंकि तेरी हरकतें ऐसी हैं। यहाँ इतने काम पड़े हैं। मैं मेहमानों को देखूँ या पूजा को?"

नेहा- "अच्छा आप जाकर मेहमानों को देखो मैं पूजा को देख लूँगी!"

माँ बड़बड़ाती हुई बाहर निकल गयी। नेहा ने देखा कि पूजा के लिए काफ़ी शौपिंग हुई थी। हर ड्रेस पे टैग लगा हुआ था। पूजा ने पैकिंग करते हुए नेहा से पूछ लिया-

"कहाँ ग़ायब थी तू?" नेहा ने एक पल के लिए पूजा को चौंका दिया-

"जीजा जी से मिलने गयी थी!"

पूजा- "क्या? पर क्यों?"

नेहा- "कमाल है जीजा हैं मेरे, मिल नहीं सकती?" पूजा के पास इस बात का जवाब नहीं था। नेहा बैड पर दोनों हाथों का सहारा लेकर बैठ गयी।

"जानना नहीं कि उन्होंने क्या कहा?"

पूजा- "नहीं!"

नेहा- "ठीक है तो फिर नहीं बताते कि जीजा जी ने क्या-क्या कहा? क्या-क्या किया?

पूजा- "क्या किया? मतलब क्या है तेरा?" नेहा ने शरारत भरी मुस्कान बिखरते हुए कहा-

"जब तुझे जानना ही नहीं तो फिर जाने दे!" अब पूजा के मन में उत्सुकता बढ़ रही थी कि अचानक दरवाज़ा, खुला चाची ने लगभग पूजा को खींचते हुए कहा-

"जल्दी चल बाहर, तेरी सास आयी.." कहते हुए वो पूजा को बाहर ले गयी।

नेहा वहाँ पड़े पूजा के कपड़ों को देख रही थी। उसने पूजा की ब्रा उठा ली, जो गुलाबी रंग की थी। मानो वो अब कल्पना कर रही थी कि प्रेम इस ब्रा को देखकर पूजा के वक्षों की तारीफ़ करेगा। अचानक वो ब्रा लेकर बाथरूम में घुस गयी। ख़ुद को शीशे में देखने लगी। उसके कानों में अभी भी प्रेम की आवाज़ पड़ रही थी, 'तुमने कभी अपने वक्षों को ग़ौर से देखा है? बहुत सुंदर हैं..' प्रेम की इन बातों को याद कर न जाने उसे क्या हुआ उसने फट से अपने ऊपर से अपनी कुर्ती उतार दी। उसने काले रंग की ब्रा पहनी हई थी। अब वो ध्यान से अपनी ब्रा कर हाथ फेर कर अपने वक्षों को देख रही थी। उसके कानों में प्रेम का स्वर बार-बार गूँज रहा था। वो अपनी ब्रा उतारकर अपने वक्षों को देखना चाहती थी, पर ये उसे क्या हुआ आज उसकी हिम्मत ही नहीं हो रही थी, बल्कि मन में एक गुदगुदी-सी जो उसे ऐसा करने से रोक रही थी। फिर भी उसने हिम्मत की और अपनी ब्रा उतार कर फेंक दी और ख़ुद ही अपने वक्षों को अपने हाथ

से ढँक लिया। ये पहली बार तो नहीं था कि वो अपने वक्षों को देख रही थी। पर आज वो अपने वक्षों को प्रेम की नज़रों से देखने वाली थी। उसने धीरे-धीरे अपने हाथ अपने वक्षों से खिसका दिये। सही था प्रेम, उसने बिना देखे ही अंदाज़ा लगा लिया था कि उसके वक्ष एक दम तने हुए हैं। हाँ वो वर्जिन थी ये भी वो समझ गया था। न जाने आज उसे ऐसा क्यों लग रहा था कि वो अपने वक्षों को सहलाये। वो वैसा ही करने लगी। उसे ये क्रिया अच्छी लग रही थी। अचानक उसने पूजा की पिंक ब्रा उठायी और अपने वक्षों पर लगाकर ऐसे महसूस करने लगी, मानो यही एक तार हो जो प्रेम की छुवन को वक्षों से जोड़ेगी। पर वो वक्ष पूजा के होंगे। अभी वो इन अजीब से ख़यालों में गुम थी कि अचानक उसके पीछे बाथरूम का दरवाज़ा खुल गया। पीछे पूजा खड़ी थी। पूजा ये नज़ारा देखकर हैरान थी कि नेहा निर्वस्त्र अपने वक्षों को सहला रही थी और उसके हाथ उसकी ब्रा थी। पूजा को तो समझ ही नहीं आया कि वो नेहा से सवाल भी क्या पूछे-

"छी! क्या कर रही है तू, और ये मेरी ब्रा?"

नेहा- "नहीं कुछ नहीं पूजा, वो मैं तेरी ब्रा देख रही थी कि मुझ पर कैसी लगेगी!" पूजा ने नेहा के हाथ से अपनी ब्रा छीनते हुए कहा- "तेरा न इलाज करवाने वाला हो गया है। जल्दी तैयार होकर आ, वो लोग आ गये हैं। कीर्तन शुरू होने वाला है।" कहते हुए दरवाज़ा बंद करके चली गयी। अब नेहा बेबाक होकर अपने वक्षों को शीशे में देख रही थी। मानो उसे उन पर गर्व हो। उसे प्रेम की तारीफ़ पर यक़ीन हो चला था। पर वो ये क्या सोच रही थी। प्रेम उसका होने वाला जीजा था, उसकी बहन पूजा का होने वाला पति। उसने जल्दी फ़व्वारा खोला और उसके नीचे खड़ी हो गयी। अपने बदन पर ख़ास कर वक्षों पर हाथ से मल-मलकर पानी साफ़ किया, जैसे कि वो प्रेम के ख़यालों को मिटा देना चाहती हो।

उस शाम ग्राउंड में टेंट लगाकर माता का कीर्तन था। कीर्तन गाने के लिए अरविंदर सिंह की पार्टी आयी हुई थी। बेशक मेहमान कम थे, सिर्फ़ लड़के वाले और लड़की वाले ही थे। पर अरविंदर सिंह ने अपने परिचित अंदाज़ से समा बाँध दिया था। पूरे कीर्तन में प्रेम की नज़र नेहा की नज़रों से मिलने को बेताब थी पर नेहा ने उसकी तरफ़ नज़र ही नहीं की और इस बात को प्रेम ने ईगो पर ले लिया था। कीर्तन ख़त्म होने के बाद आरती हुई, जहाँ परम्परा अनुसार पूजा और प्रेम द्वारा आरती करवायी जा रही थी। इस पूरे फ़ंक्शन को प्रिय अपने कैमरे में क़ैद कर रही थी। वो शायद कैमरे के लेंस से देख पा रही थी कि प्रेम की नज़र

नेहा पर है। इसीलिए तो जब आरती ख़त्म हुई और प्रेम नेहा से बात करना चाहता था, प्रिया ने प्रेम के कँधे पर हाथ रखकर उसे मुस्कुराते हुए कहा-

"प्रेम प्लीज़ इस वक़्त मुझे तुम्हारा थोड़ा टाइम चाहिए, पूजा के साथ थोड़ी फ़ोटो खिंचवा लो.." प्रेम ने भी मुस्कुराकर हामी भर दी और प्रिया उन दोनों को लेकर बाहर गार्डेन में चली गयी जहाँ प्रेम और पूजा का फ़ोटो शूट होने लगा। बेशक प्रेम प्रिया के कहने पर हर पोज़ दे रहा था, उसकी आँखें पूजा पर थीं पर मन की आँखों से वो नेहा को ही देख रहा था। उस फ़ोटो शूट में सभी मौजूद थे, हर कोई अपने स्टाइल के पोज़ बता रहा था दोनों को।

ये सारा घटनाक्रम नेहा प्रदीप और दलबीर को गोवा के पुलिस स्टेशन में बता रही थी। प्रदीप ने देखा कि इन लम्हों को याद करके नेहा परेशान हो रही थी। नेहा ने कहा-

"मैं समझ गयी थी कि मैंने प्रेम की शिकायत किसी से नहीं लगायी तो उसका हौसला बढ़ गया था। अब वो रह-रहकर मुझसे अकेले में मिलने का मौक़ा तलाश करने लगा। जब कभी मौक़ा मिलता मुझे अकेले में पकड़ लेता। कभी मुझे हर जगह छूने की इजाज़त माँगता तो कभी किस करने की। इतना कि मैं डरने लगी थी।"

दलबीर- "ये बात तुमने घर में किसी को क्यों नहीं बतायी?"

नेहा- "क्या बताती? कि जीजा जी मेरे साथ छेड़छाड़ कर रहे हैं? बवाल हो जाता। शादी सर पे थी। कुछ भी होता, मुझे ग़लत और प्रेम को सही ठहराकर मुझे चुप करवा दिया जाता। बस मैंने तय कर लिया था कि मैं अपने तरीक़े से इस बात को सोल्व करूँगी।"

प्रदीप- "तो फिर क्या किया तुमने?"

नेहा- "मैं समझ चुकी थी कि प्रेम मुझे पाने के लिए उतावला हो रहा है और अगर मैं प्रेम को ख़ुद के बजाए पूजा के नज़दीक ले आऊँ तो शायद प्रेम मुझे भूल जाये और मैं भी उस घटना को एक हादसा समझकर भूला दूँगी। मैंने तय कर लिया कि किसी भी तरह मैं पूजा को प्रेम के साथ अकेले में मिलने भेज दूँगी।"

उसके बाद जो नेहा ने बताया वो किसी फ़िल्मी मंज़र की तरह दलबीर और प्रदीप के सामने घूमने लगा। उस रात कोकटेल पार्टी और लेडीस संगीत का कार्यक्रम एक साथ रखा गया था। नीचे हॉल में औरतें बॉलीवुड के गानों पर थिरक रही थीं तो वहीं छत पर जेंट्स के लिए बार बन चुका था। नेहा ने देखा कि पूजा इन औरतों के बीच बोर हो रही है। वो पूजा को चुपचाप छत पर ले आयी।

उसने देखा दूर मर्द शराब पी रहे हैं, उनके बीच में ही कहीं प्रेम भी होगा। नेहा पूजा को साइड में ले गयी। ये देख पूजा ने नेहा से पूछ लिया-

"तू मुझे यहाँ क्यों ले आयी है?"

नेहा- "जीजू से मिलवाने.."

पूजा- "क्यों?"

नेहा- "मिल के देख, कैसा है तेरा निर्णय, कितना सही है। मैं तो कहती हूँ आज ही अपनी वर्जिनिटी..." नेहा इतना ही कह पायी थी कि पूजा ने फिर से अपने कानों पर हाथ रख लिया।

"छी.. फिर से मत शुरू हो जाना नहीं सुननी मुझे कोई गंदी बात.." पूजा के कान से उँगली हटाते हुए नेहा ने कहा, "क्या छी? तो शादी क्यों कर रही है? अगर सेक्स नहीं करेगी तो बच्चे कैसे पैदा होंगे..?"

पूजा- " हाँ तो ये बातें कहने की थोड़े न होती हैं!" शर्माते हुए उसने कहा।

नेहा- "हाय मेरी बुलबुल.. आम चूसना भी है पर उसके रस से हाथ गंदे भी न हों!"

पूजा- "मतलब?"

नेहा- "मैं ना जीजू को हल्दी लगाने गयी थी... यार क्या बॉडी है उसकी! एक दम टाइट मसल्स। सच्ची पता है मैंने तो उसका पायजामा भी उतरवा दिया.."

पूजा- "पता चला मुझे, जो बेवक़ूफ़ी करके आयी तू वहाँ.. जा मैंने बात नहीं करनी तुझसे.." कहकर आधे मन से जाने को थी कि नेहा ने उसे रोकते हुए कहा-

"सुनना तो सब चाहती है तू है ना?.. अच्छा सुन.. पता है मैं तो बस ये देखना चाहती थी कि मेरी बहन की सिम सिम में प्रवेश करने वाले अलीबाबा का आकार क्या होगा। सच्ची मैंने न जब प्रेम की जाँघों पर हल्दी लगायी न... तो उसके जाँघिये में हरकत हुई! सच्च्ची!.. मैंने कहा नॉक-नॉक... उसने मुझसे पूछा कौन? मैंने कहा साली... एक बार सूरत तो दिखायो अली बाबा.. पता तो चले कि मेरी बहन की क़िस्मत में क्या है?" नेहा के मुँह से ऐसी बातें सुनकर पूजा बहुत हैरान थी।

पूजा- "हे राम... कहाँ से सीखती है तू ये सब बातें"

नेहा- "सब नेट पे है.. ये देख.." कहते हुए नेहा ने अपने मोबाइल पर एक पोर्न क्लिप चला दी। ये देख तो पूजा बस बेहोश ही होने वाली थी। उसने अपनी आँख बंद कर ली और वापस जाने लगी कि नेहा ने उसका हाथ पकड़ते हुए कहा-

"अच्छा सुन.. जीजू से मिलना है अकेले में?

पूजा- "अकेले में? क्यों? क्या बकवास किये जा रही है मुझे कुछ समझ नहीं आ रहा!"

नेहा- "चल स्ट्रैट टॉक... हाँ? सेक्स करना है जीजू के साथ?"

पूजा- "छी...मैं जा रही हूँ.. तेरी तरह अपना दिमाग़ ख़राब नहीं कर सकती मैं!" कहते हुए पूजा निकल ही रही थी कि नेहा ने उसका रास्ता रोक लिया।

नेहा- "हर्ज ही क्या है? जो कल करना है सो आज क्यों नहीं!..पति है तेरा.."

पूजा- "अभी हुआ नहीं!"

नेहा- "तो तुझे डाउट है कि कल तुझसे शादी नहीं करेगा?"

पूजा- "नहीं...मतलब हाँ.. मतलब.. नहीं.. नेहा शादी से पहले ये सब ठीक नहीं है!"

नेहा- "इसका मज़ा ही कुछ और होता है पूजा... सच्ची बोल रही हूँ याद करेगी ज़िन्दगी भर मुझे..रुक...." पूजा कुछ बोल पाती कि उसने देखा एक लड़का सोनू जो उनकी बुआ का बेटा था, एक ट्रे में बर्फ़, सोडा और पानी लेकर जा रहा है। उसे देख नेहा ने सीटी मारी। सोनू मुड़ा और नेहा ने उसे इशारे से उसे अपनी और बुलवाया।

सोनू- "हाँ नेहा दीदी कुछ चाहिए?"

नेहा- "ये सब कहाँ लेके जा रहा है?"

सोनू- "वो वहाँ दूसरी तरफ़ सभी अंकल लोग बैठे हैं न!"

नेहा- "सुन सोनू एक पऊआ मिलेगा?"

सोनू- "पऊआ नहीं, अधिया है.. ये मेरी बायीं जेब में, निकल लो!" पूजा तो शर्म से पानी-पानी हो रही थी कि नेहा कैसे किसी गली के गुंडे की तरह सीटी मारकर उसके कज़न से शराब माँग रही थी।

नेहा ने सोनू की जेब से एक अधिया निकला, पानी की एक बोतल और दो गिलास ट्रे से उठाये और सोनू को जाने के लिए कहा।

पूजा- "क्या कर रही है तू? वो सबको बता देगा!" नेहा ने फिर सीटी मारी सोनू पलटा-

नेहा- "ऐ सोनू... ये बात किसी को बताना नहीं!" सोनू भी स्मार्ट था, "मैं आपको जानता ही नहीं!.." कहकर हँसता हुआ चला गया।

नेहा- "ये हैं आज की जैनरेशन.. चल आ जा.." कहते हुए पूजा का हाथ पकड़ते हुए किसी अँधेरे कोने में ले गयी। उसने दो गिलास में दो पैग बनाये,

पानी डाला। पूजा देख रही थी कि नेहा को तो पैग बनाने भी आते हैं। नेहा ने पूजा को उसका गिलास पकड़ाते हुए कहा-

"गटक जा.."

पूजा- "नहीं, मैं नहीं पीती!.. मतलब कभी पी नहीं.. मुझसे नहीं पी जायेगी सच्ची नेहा.."

नेहा- "ओके चल खड़ी हो अभी पापा से जा के बोल दे कि तू ये शादी नहीं कर रही, चल खड़ी हो!" पूजा नेहा की इस हरकत पर हैरान थी कि शराब न पीने से उसकी शादी का क्या तअल्लुक़ है? पूजा की आँख में सवाल पढ़ते हुए नेहा ने कहा-

"शादी के बाद जीजा जी तेरे साथ सेक्स करेंगे और तू उन्हें यही कहने वाली है न? ना ना.. जी मैंने ये सब पहले नहीं किया... मुझसे नहीं हो पायेगा ...सच्ची!" मुँह बनाते हुए वो पूजा की नक़ल उतार रही थी। पूजा जानती थी कि नेहा उसे पिलाये बिना मानेगी नहीं। उसने एक हाथ से अपना नाक पकड़ा और किसी कड़वी दवा की तरह उसने सारा गिलास एक ही घूँट में ख़ाली कर दिया। नेहा के चेहरे पर एक जीत भरी मुस्कान थी।

लड़के वालों की तरफ़ अब प्रेम अपने दोस्तों और कज़ंस के साथ बियर पी रहा था। सभी प्रेम को एक सुखद गृहस्थ जीवन की नसीहत दे रहे थे। कुल मिलाकर वो ख़ुद को एक जोकर महसूस कर रहा था। जैसे कि दुल्हे का तो मज़ाक़ उड़ने का हक़ हर एक को होता है। पूरी छत एक मिनी बार में बदल चुकी थी। जगह-जगह लोग छोटे-छोटे झुण्ड बनाकर व्हिस्की और बीयर पी रहे थे और एक ढोल वाला पंजाबी बोलियों के साथ सबको नचा रहा था। ज़्यादातर लोगों को चढ़ चुकी थी। सबके बेढंगे डांस इस बात का प्रमाण थे और प्रिया यह मोमेंट्स अपने कैमरे में क़ैद कर रही थी कि प्रेम के एक दोस्त ने प्रिया को आवाज़ लगते हुए कहा-

"प्रिया मैडम एक फ़ोटो हमारी प्रेम भाई के साथ हो जाये.. आज तो बैचलर है कल से इसके गले में भी पति नाम का पट्टा आ जायेगा। उसकी बात पर सभी ने सहमती दिखाते हुए प्रेम को बीच में कर लिया और हाथों में गिलास पकड़कर प्रिया के कैमरे के लिए पोज़ देने लगे थे।

और उधर दूसरी ओर नेहा और पूजा अब दो-दो पैग पी चुके थे। पूजा को चढ़ने लगी थी। उसने गिलास नीचे रखते हुए कहा-

"बस नेहा.. अब मुझे नींद आ रही है.. मैं सोने जा रही हूँ.." नेहा ने उसे झिंझोड़ते हुए कहा, "नहीं.. ऐसा करोगी तो प्रेम तुम्हें कभी प्यार नहीं करेगा.. समझी.. आज की रात तो उसके टैस्ट की रात होनी चाहिए। अच्छा बताओ वर्जिन हो?" नेहा के इस बेतुके सवाल पर पूजा हैरान थी।

पूजा- "ये क्या सवाल हुआ.. प्रेम मेरी ज़िन्दगी में पहला लड़का है.. और आख़िरी भी होगा। पर ये सवाल तू क्यों पूछ रही है? क्या तू वर्जिन नहीं है?"

"हाँ पर मेरा अभी टाइम नहीं आया, तेरे एक्सपीरियंस से ही सीखूँगी ना" कहते हुए पागलों की तरह हँसने लगी नेहा.." पूजा ने मुँह पर हाथ रखते हुए कहा-

"हे भगवान्!" नेहा की ये बेतुकी बातें सुनकर अब पूजा का दिमाग़ ख़राब हो रहा था।

"तू न बहुत ही गंदी हो गयी है नेहा, मुझे न तुझसे बात ही नहीं करनी.." कहते हुए निकलने ही लगी थी कि नेहा ने पूजा का हाथ पकड़ते हुए कहा- "किसी भी लड़के को ऐसी लड़की पसंद नहीं आती है जिसे कुछ ना पता हो.. डरी हुई सी घबराई हुई सी। जैसी कि तुम अब हो.. "पूजा जिसे अब चढ़ रही थी-

"मैं डरी हुई? हैं? मैं किसी से नहीं डरती बल्कि देखना प्रेम मुझसे डरेगा!" कहते हुए अपनी ही बात पर हँस दी।

नेहा- "दैन प्रूव इट.. नाओ... देखो नीचे, वो बड़ा कमरा है ना? जिसमें दहेज़ का सामान पड़ा है.. वहाँ उस कमरे में कोई नहीं आता जाता। मैं जीजू को वहाँ भेजती हूँ.. ठीक है तू चुपचाप जाकर उस कमरे में बैठ जा."

पूजा- "और मुझे क्या करना होगा?" नेहा ने माथे पे हाथ मारते हुए कहा-

"जो शादी के बाद करोगी... वो आज करना है.. वैसे तुम्हें कुछ नहीं करना, जो करेगा प्रेम करेगा.. समझी तुम.. बस उसे करने देना.. रोकना नहीं।" पूजा जो नशे में थी उसने आत्मविश्वास भरी हामी भर दी।

नेहा- "गुड.. अब मैं प्रेम को उस कमरे में भेजती हूँ.. ओके... तुम चुपचाप उस कमरे में जाकर बैठ जाओ।" कहते हुए नेहा अपना घाँघरा सँभालते हुए वहाँ से निकल गयी। वो उस जगह पहुँच गयी थी जहाँ लड़के वाले थे और प्रेम के होने की संभावना थी और कुछ ही देर में उसे सामने प्रेम दिख गया कि तभी प्रेम के चाचा हाथ में गिलास लेकर वहाँ आ गये।

"यार प्रेम कहाँ घूम रहा है..चल आजा.. चाचा के साथ एक-एक हो जाये।"

कहते हुए वो प्रेम को अपने साथ ले जाकर ढोल की ताल पर नाचने लगा। नेहा निराश हो गयी पर वो हर मानने वालों में से नहीं थी। वो वहाँ खड़े होकर मौक़े का इंतज़ार करने लेगी और जब भी उसे मौक़ा मिलता वो चुपके से सोनू के गिलास से एक छोटा-सा पैग पी लेती।

नेहा ने देखा कि प्रेम अब इन सब शराबियों से ख़ुद का पीछे छुड़वाने के तरीक़े खोज रहा था। मौक़ा अच्छा था, जैसे ही प्रेम की नज़र नेहा पर पड़ी उसने प्रेम को इशारे से अपनी ओर बुलाया और उसके कान में इतना कह कर भाग गयी-

"वो दहेज़ वाले कमरे में आपका कोई इंतज़ार कर रहा है.." कहते हुए वहाँ से भाग गयी। प्रेम की तो जैस बाँछे ही खिल गयीं। उसने दूर से देखा जहाँ नेहा उसे उस रूम में जाने के लिए कह रही थी। उसकी उत्सुकता बढ़ गयी। उसने वहीं से जाम उठाकर नेहा को सहमती दे डाली। अब नेहा सुनिश्चित हो गयी कि उसके जीजा को उसकी बहन पूजा का सन्देश मिल गया है जो उस दहेज़ वाले कमरे में पहुँच चुकी है और अब प्रेम और उसके बीच अब कोई रिश्ता नहीं बनेगा।

पर प्रेम जैसे ही अपना गिलास ख़ाली करके निकलने को था कि चाचा ने उसके गले में फिर से हाथ डाल दिया-

" कहाँ चल दिए बरखुरदार... आज की रात तो जाने नहीं देंगे तुम्हें.." प्रेम ने देखा कि बड़े चाचा ने उसे गोद में उठा लिया और ढोल की तान पर नाचने लगे। प्रेम परेशान था कि उसे दहेज़ वाले कमरे में पहुँचना है और यहाँ चाचा जी उसे नचाये जा रहे हैं। उसके पास कोई चारा नहीं था। बस वो इंतज़ार करने लगा कि एक-एक करके सब लुढ़कें तो वो जाये। रात गहराती जा रही थी। वक़्त बीत रहा था और प्रेम की बैचनी बढ़ रही थी।

उधर लड़की वालों के यहाँ पूजा का कहीं पता नहीं चल रहा था। उसकी माँ पूजा का नाम पुकारकर उसे ढूँढ़ रही थी। पर किसी को नहीं पता था कि पूजा कहाँ गयी। अचानक उसे नेहा दिखी जो चाची के साथ बैठकर मेहँदी लगवा रही थी। उसे देखते ही उसकी मम्मी ने उससे पूछा-

"पूजा कहाँ है?"

नेहा- "मुझे क्या पता? मैं तो यहाँ मेहँदी लगवा रही हूँ!" इतना सुन उसकी मम्मी घबराती हुई बाहर निकल गयी। नेहा जानती थी कि पूजा इस वक़्त प्रेम के साथ दहेज़ वाले कमरे में है। पर इतनी देर कैसे लग गयी उसे? रात का एक

बजने को था और पूजा अभी तक लौटकर नहीं आयी थी। इसे पहले ये बात सामने आ जाये नेहा ने तय किया कि वो पूजा को लेकर आएगी। वो चुपचाप वहाँ से निकल गयी। बरात घर में तक़रीबन अब सभी सो चुके थे.. चारों तरफ़ अँधेरा पसरने लगा था। पर मिर्ची लाइट्स की रौशनी में सब साफ़ दिखायी दे रहा था।

नेहा जैसे-तैसे दहेज़ वाले कमरे के सामने पहुँच गयी उसने धीरे से दरवाज़े को धकेला अंदर कोई नहीं था, हल्का-सा अँधेरा।

"पूजा? पूजा?" वो धीरे-धीरे आवाज़ लगा रही थी पर कोई जवाब नहीं आया। वो अपने पीछे दरवाज़ा बंद करके कमरे के अंदर आ गयी। वो पूजा को ढूँढ़ रही थी कभी सोफे के पीछे झाँक कर तो कभी पलंग के पीछे। अचानक उसे महसूस हुआ कि उसके पीछे कोई आया है। वो मुड़ पाती कि उससे पहले मज़बूत हाथों ने उसके सर पर हाथ रखकर उसे सोफे पर झुका दिया। नेहा कुछ बोल पाती, उससे पहले एक मज़बूत हाथ ने उसकी चोली को पीठ से उठाकर ऊपर कर दिया। नेहा चौंक गयी वो जैसे ही पीछे हटने को थी कि उसने देखा प्रेम था। उसने अपने हाथ से नेहा के मुँह को बंद करके धीरे से जाकर दरवाज़ा बंद कर दिया। नेहा को तो इस हादसे की उम्मीद ही नहीं थी, वो तो पूजा को ढूँढ़ने आयी थी। पर पूजा उसे कहीं नज़र नहीं आ रही थी और प्रेम समझ रहा था कि नेहा उसी से मिलने आयी है। प्रेम ने बढ़कर नेहा की ब्रा के नीचे से हाथ डालकर उसके वक्ष अपने हाथों में ले लिये। नेहा इस बात का विरोध करने लगी।

नेहा- "नहीं जीजा जी ये!" नेहा अपनी बात पूरी कर पाती उससे पहले प्रेम ने अपने होटों से नेहा के होटों को जकड़ लिया। नेहा ने बेशक अपने होंट कस कर बंद कर लिये थे पर प्रेम की ज़ुबाँ के वार के आगे वो ज़्यादा देर टिक नहीं पायी। जैसे-जैसे प्रेम के होंटों से रस नेहा के मुँह में प्रवेश करने लगा नेहा को हल्का-हल्का आनंद आने लगा था। एक तो नेहा ने ख़ुद भी पी रखी थी ऊपर से प्रेम के होंटों से वो नशीला रस ग्रहण कर रही थी। नेहा का विरोध कम होने लगा कि अचानक उसे इस बात का एहसास हुआ कि ये सब तो पूजा का हक़ है, उसी के लिए तो वो सब कर रही थी। उसने प्रेम को धीरे से पीछे करते हुए कहा-

"बस जीजा जी इसके आगे कुछ नहीं, ये सब पूजा के लिए है!" नेहा की बात पूरी होने से पहले ही प्रेम ने नेहा का हाथ पकड़कर अपने लिंग पर रख दिया। नेहा ने जैसे ही प्रेम के तने लिंग का स्पर्श पाया वो घबरा गयी।

"नहीं जीजा जी प्लीज़ मुझे जाने दो!" पर प्रेम पर तो अब काम क्रिया की

सारी शक्तियाँ सवार थीं। उसने नेहा के दोनों हाथ जकड़ते हुए उसके वक्षों पर चुम्बनों की बौछार कर दी।

"कुछ नहीं होगा डरो नहीं, सब आराम से करूँगा, ट्रस्ट मी तुम्हें अच्छा लगेगा.." बेशक नेहा का मन इस बात का विरोध कर रहा था परन्तु उसके शरीर में प्रेम को पाने की भूख जग चुकी थी। प्रेम ने नेहा के इस कमज़ोर लम्हे का फ़ायदा उठाते हुए दीवार की तरफ़ घूमा दिया। अब नेहा अपने दोनों हाथों से दीवार का सहारा लेकर खड़ी थी और प्रेम उसके पीछे। नेहा ने जैसे ही नज़रें उठायीं सामने ड्रेसिंग टेबल थी। हल्की-सी रौशनी में वो शीशे में से प्रेम को अपने पीछे देख पा रही थी। उसने देखा प्रेम बहुत जल्दी में है। उसकी आँख बंद थीं, उसकी साँसों से उसकी भूख का अंदाज़ा लग रहा था। वो नेहा की कमर को अपनी ओर ज़ोरों से खींच रहा था। अब नेहा को भी प्रेम का स्पर्श अच्छा लग रहा था, इसीलिए अब विरोध नहीं बल्कि प्रेम की मदद कर रही थी। वो अपनी टाँगों को अँगूठे के बल उठाकर प्रेम के क़द के बराबर ले आयी, जिससे प्रेम आसानी से वो कर सके जो वो करना चाहता था। और फिर प्रेम एक ज़ोर का झटका देते हुए नेहा में समा गया। नेहा की चीख़ निकलने वाली थी पर उसने अपने मुँह पर हाथ रख लिया। प्रेम की चाल तेज़ होने लगी। वो नेहा के भीतर विस्फोट करने को तैयार था और नेहा उसे समेटने के लिए। और फिर नेहा को ऐसा लगा मानो कोई रेलगाड़ी का इंजन उसके अंदर से धधक-धधक करता हुआ तेज़ भाप छोड़ता हुआ अचानक स्टेशन पर थम गया हो। दोनों शांत हो गये। नेहा अभी भी झुकी हुई थी। प्रेम ने अपने कपड़े ठीक करते हुए उसकी पीठ को एक बार चूम लिया।

"थैंक्यू... अब तुम जाओ इससे पहले किसी को शक हो जाये!" पर उसने पाया कि नेहा ने अचानक रोना शुरू कर दिया। अब प्रेम डर गया।

"क्या हुआ रो क्यों रही हो? देखो जो भी हुआ सिर्फ़ तुम्हारे और मेरे बीच रहेगा, किसी को पता नहीं चलेगा!"

नेहा- "पर ऐसा क्यों किया आपने जीजा जी, मेरी बहन से शादी हो रही है आपकी और आपने.?"

प्रेम- "क्या मैंने? मैं थोड़े न तुम्हें बुलाने आया था तुम ख़ुद मेरे पास..." नेहा ने प्रेम की बात को काटते हुए कहा-

"मैंने तो पूजा को आपके पास भेजा था और अभी भी मैं पूजा को ही इस

कमरे में ढूँढ़ने आयी थी। ये आपने ठीक नहीं किया, ठीक नहीं किया!" कहते हुए वहीं बैठकर रोने लगी। ये देख अब प्रेम के हाथ पाँव ठण्डे पड़ने लगे थे।

"यार तुम मुझे ये बात पहले नहीं बोल सकती थी?"

नेहा- "आपने बोलने कहाँ दिया? बस सवार हो गये। बहुत ग़लत हो गया, बहुत ग़लत!" कहते हुए उसने अपने कपड़े ठीक किये और वहाँ से भाग गयी।

अब तो प्रेम के चेहरे की हवाइयाँ उड़ रही थीं कि उसने जो भी नेहा के संग किया उसमें उसकी रज़ामंदी नहीं थी। उसके पाँव काँपने लगे कि ये उससे क्या हो गया। अब अगर बात बाहर आ गयी तो न जाने कितना बड़ा बवाल खड़ा हो जायेगा। यही सोचता हुआ वो अपने कमरे की तरफ़ चला गया। अपने कमरे में पहुँचकर वो भगवान को याद करने लगा। एक ही बात बड़बड़ाए जा रहा था-

"हे भगवान् इस बार बचा ले, आगे से ऐसा कोई काम नहीं करूँगा, बस एक बार भगवान् एक बार.."

उधर लड़की वालों की तरफ़ जब नेहा पहुँची तो हैरान रह गयी कि बिंदु चाची उसे ही ढूँढ़ रही थी।

"कहाँ चली गयी थी तू?..तेरी माँ तुझे कब से ढूँढ़ रही है.. उसे सब पता चल गया है। आज तेरी ख़ैर नहीं। एक पल के लिए नेहा घबरा गयी।

"क्या पता चल गया है?"

चाची- "जाकर देख पूजा कैसे उल्टियाँ कर रही है.... तूने उसे शराब पिलायी थी?"

नेहा- "किसने कहा?" इतना सुनते ही नेहा की मम्मी हाथ में चप्पल लेकर बाहर आ गयी जहाँ हाल में सभी औरतें बिस्तर लगाकर सोने की तैयारी कर रही थीं। पूजा की मम्मी ने चप्पल से नेहा को पीटने शुरू कर दिया-

"किसने कहा? पूजा ने ख़ुद कहा कि तूने उसे शराब पिलायी ... इतनी... कि छत पर छोड़ आयी.... ये तो सोनू ने देख लिया... कहीं लड़के वाले देख लेते तो?... तू आज नहीं बचेगी.. जान से मार दूँगी तुझे!" कहते हुए उसने नेहा पर चप्पलों की बौछार कर दी।

"कब सुधेरेगी ये... अक़्ल है कि नहीं... आज तो में इसे जान से मार दूँगी।.. कल लड़की की शादी है और ये उसे शराब पिलाने ले गयी!" अचानक बिंदु चाची की नज़र नेहा के कपड़ों पर पड़ गयी। उसे कुछ गड़बड़ लग रही थी। उसने जैस-तैसे नेहा को उसकी माँ के हाथों से छुड़वाकर अंदर कमरे में जाने को

कहा। नेहा के कमरे में जाने से पहले उसने नेहा का कान में कहा-

"सीधे बाथरूम में जाना नहाने के लिए.." नेहा समझ गयी थी कि चाची ऐसा क्यों कह रही है।

नेहा ने अपने कमरे में आकर देखा वहाँ पूजा ओंधे मुँह सो रही थी। नेहा समझ गयी थी कि जब उसने पूजा को दहेज़ वाले रूम में जाने के लिए कहा था तो ये वहीं लुढ़क गयी थी। अचानक उसने महसूस किया कि उसकी टाँगों पर एक पतली-सी ख़ून की धारा बह रही है। वो समझ गयी कि चाची ने उसे नहाने के लिए क्यों कहा था। वो फट से बाथरूम में घुस गयी और बाथरूम में पहुँचते ही उसने अपने कपड़े एक-एक करके उतारने शुरू कर दिये। अगले पल वो शीशे के सामने निर्वस्त्र खड़ी थी। उसने अपनी जाँघों को छूकर देखा जहाँ से ख़ून का रिसाव हो रहा था। वो समझ गयी कि वो अपनी वर्जिनिटी खो आयी थी। वो भी प्रेम के संग जो उसका होने वाला जीजा था। उसने अपने ऊपर फ़व्वारा खोल दिया और देखते-देखते पानी की तेज़ फ़ुहार में उसकी टाँगों में जमा ख़ून पानी के साथ नाली में बहने लगा। नेहा उस बहते हुए ख़ून को देख रही थी। एक तरफ़ जहाँ वो अपनी वर्जिनिटी खोने का सुख उसे गुदगुदा रहा था तो दूसरी तरफ़ उसे इस बात का गुस्सा था कि ये सब उसके साथ प्रेम ने किया जो उसके होने वाला जीजा था। वो टॉवल से अपने बदन को पोंछते हुए यही सोच रही थी कि अचानक बाथरूम का दरवाज़ा खुल गया। उसने पाया किवो दरवाज़े की कुण्डी बंद करना भूल गयी थी और चाची सीधी अंदर आ गयी। उसकी नज़र से नाली में बह रहा लाल रंग का पानी छुप नहीं पाया। जैसे ही उसने अपनी आँखों में सवाल भरते हुए नेहा को देखा, नेहा का रोना निकल आया। बिंदु चाची समझ गयी थी कि कुछ तो गड़बड़ हो गयी है। उसने मुँह पर उँगली रखकर नेहा को चुप रहने का इशारा किया कि कहीं पूजा न जाग जाये और उसे कपड़े बदलकर बाहर आने के लिए कहा।

अगले पल बिंदु चाची बारात घर में बने बड़े से बग़ीचे में खड़ी थी, जहाँ मज़दूर पूजा की शादी की वेदी तैयार करके गये थे। इस वक़्त पूरे बरात घर में सन्नाटा पसरा हुआ था। नेहा अपने कमरे बाहर आयी उसने देखा बिंदु चाची बहुत घबराई हुई है मानो वो सब समझ चुकी थी। नेहा को अपने क़रीब पाकर उसने नेहा पर सवाल दाग दिया-

" क्या हुआ? कैसे हुआ? बोल?" नेहा हैरान थी कि चाची को कैसे शक हो

गया? क्यों न हो आख़िर दो बच्चों की माँ है, सब पता होगा उसे। नेहा की चुप्पी देखकर चाची ने नेहा को झिंझोड़ते हुए पूछ ही लिया-

"बोल कौन?" नेहा के मुँह से एक दम निकल गया।

"प्रेम!" प्रेम का नाम सुनते ही बिंदु चाची के तो होश उड़ गये, वो तो चकराकर गिरने ही वाली थी कि उसने वहाँ बनी वेदी के खम्बे का सहारा लेते हुए कहा-

"कल यहाँ इसी वेदी में तेरी बहन के फेरे प्रेम से होने वाले हैं और तू अपने होने वाले जीजा के साथ? छी! छी! नेहा मैं समझती थी कि तू सिर्फ़ बड़बोली है। अच्छे गंदे जोक्स मार लेती है, पर तूने तो हद पार कर दी नेहा!"

"नहीं चाची ऐसा नहीं है, मैं ऐसा कुछ नहीं करना चाहती थी, वो तो प्रेम.." नेहा अभी अपनी बात पूरी कर ही नहीं पायी थी कि चाची ने उसका हाथ झटकते हुए कहा-

"हाँ प्रेम तुझे ज़बरदस्ती उठाकर ले गया ना और तू बेजान गुड़िया चुपचाप ... सब कुछ होने दिया। मैं तुझे अच्छी तरह जानती हूँ नेहा। हल्दी के टाइम भी तो प्रेम के साथ गंदी हरकत कर रही थी। उसका पायजामा उतरवा दिया, उसको यहाँ-वहाँ छूने की कोशिश कर रही थी। दिख नहीं रहा था मुझे क्या? अंधी हूँ?" नेहा अब रोये जा रही थी। "चाची मेरी बात सुनो, इसमें मेरी कोई ग़लती नहीं है.." कि चाची ने हाथ उठाते हुए उसकी हर दलील ख़ारिज करते हुए कहा-

"बस नेहा! ग़लती किसी की भी रही हो पर सज़ा पूजा को ही भुगतनी पड़ेगी और अगर ये बात बाहर आ गयी तो समझ लेना कि सारा खेल ख़त्म। कितने ही रिश्ते टूटेंगे, कौन जियेगा कौन मरेगा कुछ नहीं पता और इस सब की ज़िम्मेदार तू होगी। बस एक ही रास्ता है कि जो भी हुआ उसे एक दम भूला दे और दुबारा पूजा और प्रेम के नज़दीक भी मत आना.... अगर तू सबकी ख़ुशी चाहती है।" कहते हुए चाची वापस जाने को थी कि नेहा ने उसे पुकार कर पूछा-

"और मेरी ज़िन्दगी? मेरे दुःख सुख?"

"वो इस वक़्त कोई मायने नहीं रखते!" कहते हुए बिंदु निकल गयी। नेहा वहीं खड़े-खड़े रोने लगी। वो रोते हुए उस वेदी के पास बैठ गयी जहाँ अगले दिन पूजा और प्रेम ने फेरे लेने थे।

इधर गोवा में नेहा ये सारी कहानी दलबीर और प्रदीप को सुना रही थी। कहानी सुनते-सुनाते उसके भी आँसू निकल आये। प्रदीप ने उसके आगे पानी

का गिलास करते हुए पूछा-

"उसके बाद तुमने क्या किया?"

नेहा- "उस वक़्त तो मैं बहुत दुखी थी। मुझे ऐसा महसूस हो रहा था कि मेरे संग धोखा हुआ है। जो प्रेम ने मेरे साथ किया था। चलो माना कि उसमें कुछ हद तक मेरी नादानी थी, पर मुझे एक ही बात खाए जा रही थी कि कोई मेरी ज़िन्दगी के साथ ऐसे खिलवाड़ करके कैसे निकल सकता है। उस रात चाची ने मुझसे जो भी कहा, अगर मेरी मम्मी होती तो शायद वो भी मुझे यही कहकर चुप करवा देती। मैंने तय कर लिया कि अगर इस खेल में मैं अकेली पड़ गयी हूँ तो फिर ये खेल मैं खुलकर खेलूँगी। अगर यही इस खेल के नियम हैं तो यही सही!"

प्रदीप- "मतलब क्या है तुम्हारा? कैसा खेल? कैसे नियम?" दलबीर प्रदीप की इस उत्सुकता को अपनी सहमती दे रहा था।

नेहा ने कहा, "अब मुझे प्रेम चाहिए था हर हाल में हर क़ीमत पर। चाची के जाने के बाद मैं अपने कमरे में चली आयी जहाँ पूजा सो रही थी। उसके बाद जो नेहा ने बताना शुरू तो दलबीर और प्रदीप के सामने सब कुछ किसी फ़िल्मी मंज़र की तरह फिर से चलने लगा।

उस रात नेहा अपने कमरे में लौट तो आयी पर अब वो बदली हुई नेहा थी। वो पूजा के बग़ल में लेटकर उन लम्हों में खो गयी जो वो प्रेम के संग बिताकर आयी थी। चाची से मिलने के बाद तो अब उसे किसी भी बात का गिल्ट नहीं था। वो बस बिस्तर पर करवट लेकर उन यादों को दोबारा जीने की कोशिश कर रही थी। वो इमैजिन कर पा रही थी कि पूजा को किस लेवल का सुख मिलने वाला था। उसने पलटकर पूजा को देखा। उसके मन में अब अजीब से विचार आने लगे थे। पूजा की शादी को अभी एक दिन बाक़ी था। अब वो उससे पहले प्रेम को एक बार और पाना चाहती थी और ये थी एक ख़तरनाक खेल की शुरूआत।

उधर प्रेम अपने कमरे में परेशान था उसे नींद नहीं आ रही थी। वो रह-रहकर घड़ी को देख रहा था कि कब सुबह होगी और नेहा ये बात सबको बता देगी और फिर जो होगा? बस अपने मन में एक डर बिठा लिया था उसने। बस मन ही मन भगवान से प्राथना कर रहा था के कुछ भी करके इस मुसीबत से बाहर निकाल दे कि अचानक उसके फ़ोन पर एक मैसेज आया। नाम था नेहा पाण्डेय। वो डर गया के न जाने नेहा ने क्या लिखा होगा। उसने डरते-डरते मैसेज खोला उसमें नेहा ने लिखा था-

'हाय! कैसे हो जीजू?' प्रेम तो इतना घबरा गया था कि उसने एक लम्बा-सा मैसेज टाइप कर डाला-

"नेहा देखो जो हुआ सब अनजाने में हुआ। मैंने बहुत पी रक्खी थी। हो सके तो इस बात को भुला दो!" नेहा ने जब प्रेम का ये मैसेज देखा तो वो समझ गयी कि प्रेम अंदर से डरपोक है। उसके साथ अब खेला जा सकता है उसने जवाब में लिखा

"अगर न भूलाऊँ तो?" प्रेम ने जवाब दिया-

"प्लीज़ तुम जो कहोगी मैं वही करूँगा!"

नेहा- "ठीक है तो इसी वक़्त मुझे वहीं आकर मिलो... उसी कमरे में.."

प्रेम- "दिमाग़ ख़राब हो गया है तुम्हारा.. मैं तुम्हें बात को ख़त्म करने को कह रहा हूँ और तुम बात को बढ़ा रही हो.."

नेहा- "आते हो या फिर इस बात को नाश्ते के समय सुबह वायरल कर दूँ? मर्ज़ी तुम्हारी है... प्रेम बाबू.. अभी मिलना है अकेले में या फिर सुबह नाश्ते पे सबके बीच!" प्रेम के पसीने छूट रहे थे। वो समझ नहीं पा रहा था कि आख़िर नेहा चाहती क्या है। उसने काँपते हाथों से टाइप किया-

"ठीक है मैं आता हूँ!" नेहा ने मुस्कुराकर फ़ोन बंद किया वो ख़ुश थी कि अब प्रेम उसकी मट्ठी में है। वो पूजा को देखकर मुस्कुरायी जो गहरी नींद में सो रही थी। उसके माथे पर हाथ रखकर कहा-

"थैंक्स पूजा तुम्हारी शादी पे तोहफ़ा तो मुझे तुम्हें देना चाहिए था पर मुझे ये तोहफ़ा मिल गया.. तुमसे.."

नेहा अब बदल चुकी थी। वो अब इस खेल को खुल के खेलने के लिए तैयार थी। वो चुपचाप दरवाज़ा खोलकर बाहर निकली गयी। उसने देखा सब थक के सो रहे थे। दीवार पर लगी घड़ी में रात के २ बज रहे थे। दबे क़दमों से वो बाहर निकल गयी। अब पूरे बारातघर में सन्नाटा छाया हुआ था। नेहा चुपचाप उस कमरे में पहुँच गयी जहाँ दहेज़ का सामान पड़ा था। अंदर पहुँचते ही नेहा ने देखा प्रेम उससे पहले पहुँच चुका था। नेहा ने अंदर आते ही दरवाज़ा बंद कर दिया। नेहा को देखते ही प्रेम उसके पाँव में गिर गया-

"नेहा प्लीज़ मुझे माफ़ कर दो... मैं सच कहता हूँ ऐसा दोबारा नहीं होगा!" नेहा प्रेम की ये मजबूरी देख अंदर ही अंदर ख़ुश हो रही थी। उसने प्रेम के मज़बूत काँधे पकड़कर उसे सीधा खड़ा किया। प्रेम अभी भी माफ़ी माँगने की

मुद्रा में था।

नेहा- "बस मिस्टर प्रेम अब घबराना बंद करो और मुझे अली बाबा के दर्शन करवायो.."

प्रेम- "अली बाबा? कौन अली बाबा? मैं समझा नहीं!" नेहा ने उसके काँधे पर अपना हाथ घुमाते हुए उसकी शर्ट के बटन खोलते हुए कहा-

"शर्ट उतरिये.." प्रेम के पास नेहा की बात मानने के सिवाए कोई चारा नहीं था। उसने अपनी शर्ट उतर दी। नेहा अब अपने हाथ उसकी छाती पर फेरने लगी थी।

नेहा- "जिम जाते हो लगता है?"

प्रेम- "हाँ.. रेगुलर.." नेहा अब उसके सामने सोफे पर पाँव रखकर बैठ गयी।

नेहा- "चलो पायजामा उतारो.." इतना सुन प्रेम घबरा गया। पर नेहा की नज़रों में उसे एक हुकुम दिखायी दे रहा था। प्रेम ने वैसा ही किया। नेहा ने देखा के पायजामे के नीचे प्रेम ने भूरे रंग का वी शेप जाँघिया पहना हुआ था।

नेहा- "लगता है आपको भूरा रंग बहुत पसंद है.." कहते हुए उसने उसके जाँघिये पर अपना हाथ हल्का-हल्का घुमना शुरू कर दिया। प्रेम हैरान था कि नेहा क्या कर रही है और नेहा ने महसूस किया कि उसके जाँघिये में हरकत शुरू हो गयी। उसने मुस्कुराते हुए कहा-

"अली बाबा जाग रहा है.. पहचान नहीं करवायोगे इनसे हमारी? " नेहा की तीखी मुस्कराहट देख प्रेम समझ गया था कि नेहा अलीबाबा किसे कह रही थी। नेहा एक दम पीछे हटी। उसने प्रेम के जाँघिये की तरफ़ इशारा करते हुए कहा

"अब इसे भी उतार दो होने वाले...जीजा जी.."

प्रेम- " मैं तुम्हारे सामने कैसे?" नेहा ने एक धमकी भरे स्वर में कहा, "क्यों पीछे से ही सब करना जानते हो? सामने से शर्म आ रही है? उतारो जल्दी!"

प्रेम ने डरते-डरते अपना जाँघिया नीचे खिसका दिया। प्रेम के गुप्त अंग को देख नेहा की आँखें फटी की फटी रह गयीं। उसने किसी लड़के के गुप्त अंग को इतनी क़रीब से कभी नहीं देखा था। ऐसा प्रतीत हो रहा था जैसे कोई चिड़िया पेड़ से लटक कर अपने घोंसले में सो रही है। नेहा उसे महसूस करना चाहती थी उसने हाथ आगे बढ़ाते हुए प्रेम से इजाज़त माँगी-

नेहा- "छु लूँ?" प्रेम जानता था कि अगर वो मना भी करेगा तो भी नेहा

माननेवाली नहीं उसने अपना चेहरा घूमा लिया और नेहा ने हाथ आगे बढ़ाकर उसके गुप्त अंग को छू लिया जो फ़िलहाल नीचे की तरफ़ झुका हुआ था। नेहा उसे ऐसे प्यार करने लगी जैसे कोई किसी पालतू जानवर को पुचकारता है। नेहा ने महसूस किया जैसे-जैसे उसके हाथ प्रेम के अंग पर चल रहे थे उसमें हरकत हो रही थी। मानो वो जाग रहा हो। अचानक नेहा ने पाया कि प्रेम का वो अंग अब धीरे-धीरे सीधा होकर नेहा को देखने लगा था। नेहा के लिए ये एक अद्भुत अनुभव था। उसके चेहरे की रौनक़ बता रही थी कि उसे यक़ीन ही नहीं था कि उसके छूने से किसी का गुप्त अंग ऐसे हरकत करने लगेगा। किसी नन्हे बच्चे की तरह उत्साहित को कर बोली-

"देखो प्रेम.. बहुत जल्दी पहचान हो गयी तुम्हारे अली बाबा से..." अब वो अपने हाथ को ऊपर नीचे करके उसे और सहलाने लगी और कुछ ही पल में प्रेम का वो अंग छोटे हाथी की सूंड की तरह चिंघाड़ रहा था, मानो नेहा को सलामी दे रहा हो। पर प्रेम को ये सब बिल्कुल अच्छा नहीं लग रहा था।

प्रेम- "क्यों कर रही हो तुम ये सब नेहा? कम से कम हमारे रिश्ते का तो लिहाज़ तो करो!" नेहा ने उसके लिंग को अपनी मट्ठी में दबोचते हुए कहा-

"यही सवाल मैंने तुमसे पूछा था, तुमने किया था लिहाज़? मैं रोयी, चिल्लायी पर तुमने इस रिश्ते का फ़ायदा उठाया! तो अब मैं इस खेल को तुम्हारे ही अंदाज़ में खेलना चाहती हूँ तो प्रॉब्लम क्या है तुम्हें?" नेहा ने देखा कि प्रेम के पास इस बात का जवाब नहीं था। कहते हुए नेहा प्रेम की कमर के पास झुक गयी अब प्रेम का अली बाबा उसकी मट्ठी में था। जो अब इतना सख़्त और आकार में बड़ा हो चुका था कि नेहा की मट्ठी भी उसके लिए छोटी पड़ रही थी।

प्रेम नेहा के इस पागलपन से परेशान हो रहा था पर उसके पास नेहा की इस दीवानगी को सहने के सिवाए कोई चारा नहीं था कि नेहा एक दम खड़ी हुई उसने धीरे-धीरे प्रेम के सामने अपनी चोली के बटन खोलने शुरू कर दिये। प्रेम ने नज़रें फेर लीं। नेहा ने उसका चेहरा अपनी ओर करते हुए कहा-

"ये सब आपके लिए ही तो कर रही हूँ जीजा जी देखो.." कहते हुए उसने अपने ब्लाउज़ के सारे बटन खोल डाले। प्रेम ने देखा कि उसने काले रंग की ब्रा पहनी हुई है जो उसके गोरे बदन को और निखार रही थी। नेहा ने अपना हाथ पीठ पर ले जाकर एक ही झटके में ब्रा का हुक खोल डाला और काँधे से स्ट्रिप हटाते हुए ब्रा को नीचे गिरा दिया। प्रेम देखकर स्तब्ध रह गया नेहा के वक्ष छोटे-

छोटे से थे परन्तु एक दम तने हुए थे। मानो अभी-अभी उन पर जवानी आयी थी। न कोई दाग़ न ही कोई सिलवट और गुलाबी रंग के वक्ष बिंदु। नेहा अब प्रेम की नज़रें पढ़ रही थी। वो जान गयी थी कि प्रेम उसके चंगुल में फँस चुका है। वो एक पाँव रखकर सोफे पे चढ़ गयी जिससे उसके वक्ष प्रेम के चेहरे के पास आ जायें। उसने अपने दोनों वक्ष हाथ में लिये और अपने वक्ष बिन्दुओं प्रेम के होंटों पर घूमाने लगी और कुछ ही पल में प्रेम ने अपने होंट खोल दिये और उसकी ज़ुबाँ बाहर आकर लार टपकाने लगी थी। नेहा एकदम नीचे उतर गयी और एक ही झटके में अली बाबा को ज़ोर से दबोच लिया। प्रेम सिहर उठा।

नेहा- "अब बोलो हमसे दोस्ती होगी इसकी?" प्रेम ने दर्द से करहाते हुए कहा-

"हाँ! पर इसकी क़ीमत बहुत बड़ी है नेहा। कल मेरी तुम्हारी बहन से शादी है!"

नेहा- "उसकी चिंता तुम मत करो जीजू.. पति तुम पूजा के ही रहोगे.. बस मुझे तो अली बाबा से थोड़ी-सी दोस्ती चाहिए।" प्रेम अब सबकुछ भुलाकर नेहा के जाल में फँस चुका था। उसने देखा नेहा ने अपनी बाज़ू प्रेम के काँधे पे डाल दी थीं। प्रेम से अब रुका नहीं जा रहा था, उसने अपना हाथ बढ़ाकर नेहा की पीठ को दबोचना शुरू कर दिया और अपने होंटों के रस से नेहा के वक्षों को नहलाने लगा। खिलाड़ी था प्रेम, वो जानता था कि लड़की के किस अंग पर क्या क्रिया करने से उत्तेजना बढ़ती है। नेहा ने अब अपने बदन को ढील देते हुए उसे प्रेम के हवाले कर दिया। प्रेम ने नेहा को गोद में उठाया और वहाँ सोफे पर लेटा दिया। नेहा भी अब तैयार थी। प्रेम ने पूछा-

"अब अली बाबा के लिए क्या हुकुम है?" नेहा ने मुस्कुराते हुए कहा-

"बोलो खुल जा सिम सिम.." प्रेम को अब नेहा का ये अंदाज़ अच्छा लग रहा था उसने भी कहा-

"खुल जा सिम सिम.." और नेहा ने अपनी टाँगे फैलाकर प्रेम के लिए सिम सिम के द्वार खोल दिये और प्रेम ने भी एक ही झटके में अली बाबा को सिम सिम के द्वार में प्रवेश करवा दिया। नेहा को अद्भुत सुख की प्राप्ति हो रही थी। उसने अपने सारे नाख़ून प्रेम की पीठ में गाड़ दिये।

प्रेम का डर अब जा चुका था। अपनी साली के साथ संग करने की उत्तेजना ही अलग थी। अब वो दोनों स्वयं को भोग रहे थे। और कुछ ही पल

बाद दोनों ने उस अद्भुत विस्फोट को अपने भीतर महसूस किया। जिसे चरम सुख कहते हैं। नेहा प्रेम पदार्थ को अपने भीतर महसूस करते ही प्रेम को एक पल के लिए कसकर जकड़ लिया। एक पल का सन्नाटा था। अचानक नेहा ने टाइम देखा सुबह के तीन बजने वाले थे। उसने जल्दी से अपने कपड़े पहने।

"कल मिलते हैं... " कहते हुए निकल गयी। प्रेम हैरान था कि कल? फिर से यही करना पड़ेगा क्या? पर जो भी हुआ प्रेम को राहत ही नहीं ख़ुशी भी देकर गया था। कपड़े पहनते हुए वो मुस्कुराकर मन में यही सोच रहा था कि सुना था साली आधी घरवाली होती है, पर उसने तो महसूस कर लिया था उसे ऐसा लग रहा था कि अब उसके दोनों हाथों में लड्डू हैं, पर वो ये नहीं जनता था कि ये लड्डू कितने ज़हरीले होने वाले थे।

अगले दिन बारात घर शादी के मण्डप से सज चुका था। प्रेम बहुत ख़ुश था उसके दिमाग़ पे कोई टेंशन नहीं थी। बारात वहीं से चलकर, एक चक्कर लगाकर वापस वहीं आ गयी। ख़ूब नाचे घोड़ी के आगे लड़के वाले और प्रेम भी घोड़ी पे बैठा-बैठा नाच रहा था। शादी से ज़्यादा उसे पूजा और नेहा दोनों को एक साथ पाने की ख़ुशी थी।

शादी की रस्में विधिपूर्वक हुईं। नेहा हर रस्म में पूजा के साथ ही चिपकी रही और प्रेम ने भी ऐतराज़ नहीं किया। सभी ख़ुश थे। शादी अच्छे से निपट गयी थी। जैसे-जैसे विदाई का वक़्त नज़दीक आ रहा था, प्रेम की चिंता बढ़ रही थी। वो नहीं जानता था कि नेहा का अब अगला क़दम क्या होगा!

विदाई भी बारात घर के आहाते में ही होनी थी। बस सबको इंतज़ार था कि दुल्हन कपड़े बदलकर आ जाये। उधर प्रेम दुल्हन की विदाई करवाने का इंतज़ार कर रहा था कि नेहा ने देखा कि प्रेम अकेला है, उसने मौक़े का फ़ायदा उठाया और उसके पास जाकर बैठ गयी।

"कैसा महसूस कर रहे हैं जीजा जी?"

प्रेम- "समझा नहीं.. मतलब जैसा एक दूल्हा महसूस करता है.."

"नहीं आज तो सुहागरात है न आपकी?" फब्ती कसते हुए नेहा ने कहा। प्रेम समझ गया था कि नेहा के दिमाग़ में कोई तो ख़ुराफ़ात चल रही थी।

"हाँ शादी के बाद तो सुहागरात ही होती है.."

नेहा- "क्या करोगे सुहागरात में "

प्रेम ने हिचकिचाते हुए कहा " मतलब .. क्या है तुम्हारा? .. क्या करूँगा?"

नेहा- "सेक्स! आप कहने से शर्मा रहे हैं.. पर कहना यही चाह रहे थे है ना? है ना?" कहते हुए ज़ोर-ज़ोर से हँसने लगी। प्रेम ने दबी आवाज़ में कहा- "क्या कर रही हो लोग देख रहे हैं!"

नेहा- "हाँ तो यही समझ रहे होंगे कि जीजा साली में मज़ाक़ चल रहा है.. हाँ तो मैं पूछ रही थी सुहागरात में क्या करोगे?" प्रेम समझ गया था कि नेहा वही जवाब सुनना चाहती है जो वो चाहती थी। प्रेम ने नेहा को टालने के लिए दबी आवाज़ में उससे कहा- "हाँ सेक्स!!"

"पर पूजा के साथ नहीं मेरे साथ!" कहते हुए वो मुस्कुराकर प्रेम को देखने लगी मानो अपनी हँसी में वो भरी बिरादरी के बीच उसे हुकुम दे रही थी जो प्रेम के लिए धमकी जैसा था। नेहा ने प्रेम की आँखों में डर देखते हुए कहा-

"डरो नहीं मैं आपको मैसेज करके बताऊँगी कि कहाँ आना है.. बस आप पूजा दीदी के नज़दीक मत जाना, कोई भी बहाना बना देना...मेरे लिए मेरे अलीबाबा को सँभालकर रखना.." कहकर हँसते हुए वहाँ से निकल गयी। प्रेम को अब लगने लगा था कि नेहा का ये खेल ख़तरनाक मोड़ ले रहा है कि नेहा की मम्मी ने आवाज़ लगायी-

"कोई पूजा को लेकर आयो डोली का वक़्त हो गया है.." नेहा ने झट से कहा- "मैं लेकर आती हूँ।" उसने मुड़कर एक बार प्रेम को देखा मानो एक रिमाइंडर था उसके लिए कि रात को उसे क्या करना है।

उधर कमरे में पूजा दुल्हन बनी अपनी विदाई का इंतज़ार कर रही थी। उसे रह-रहकर नींद आ रही थी कि उसकी एक सहेली ने उसे छेड़ते हुए कहा-

"अभी से नींद आ रही है?.. अभी तो प्रेम ने तुझे रात भर जगाना है.." उस सहेली की बातें सुनकर पूजा की सभी सहेलियाँ हँस दीं। प्रेम का स्मरण कर पूजा भी मन ही मन शर्मा गयी थी कि इतने में नेहा दनदनाती हुई अंदर आ गयी।

"चलो-चलो सब बाहर निकलो मुझे पूजा दीदी से अकेले में बात करनी है।" सभी सहलियों के बाहर जाते ही नेहा ने दरवाज़ा बंद कर लिया। इतना देख पूजा एक दम नेहा के गले लग गयी-

नेहा- "क्या हुआ?"

पूजा- "बहुत डर लग रहा है नेहा .."

नेहा- "कैसा डर?"

पूजा- "पता नहीं आज क्या होगा.. अब ऐसा लग रहा है काश कल तेरी

बात मान ली होती तो आज ये डर निकल गया होता.. बे मतलब दारू पीकर लुढ़क गयी।" नेहा ने कुछ सोचते हुए कहा, "कोई बात नहीं अब पूरी ज़िन्दगी वही तो करना है।"

पूजा- "यार तू समझ नहीं रही आयी ऍम वर्जिन!"

नेहा- "हाँ तो कोई जुर्म थोड़े न है? हर लड़की वर्जिन होती है और ये तो वो परीक्षा है जिसे देने में डर बेशक लगता है पर पास होने की पूरी गारंटी होती है।"

पूजा- "हाँ तू तो ऐसे कह रही है जैसे तुझे बड़ा एक्स्पीरिंस है... दिल डर रहा है प्रेम कैसा होगा? वो मुझसे क्या बात करेगा... देख मुझसे तो पहले-पहल नहीं होगी.. तू बता ना नेट पे देखकर मुझे क्या करना चाहिए.."

नेहा- "पूजा तू न बे-मतलब में नर्वस हो रही है.. इट्स नैचुरल प्रोसेस यार.. और सुन आज की रात तो प्रेम को नज़दीक आने मत दियो!" पूजा ने चौंकते हुए पूछा-

"क्यों? नहीं नहीं अगर वो चाहेगा मैं मना नहीं करूँगी.. आफ़्टर ऑल अब वो मेरा हस्बैंड हैं यार... वैसे मुझे थोड़ा बहुत पता चल गया है कि क्या करना है।"

नेहा- "किसने बताया तुझे?" नेहा पूजा से इस बात का जवाब ले पाती कि अचानक दरवाज़ा खुल गया और बिंदु चाची अंदर आ गयी थी। उसकी नज़र नेहा पर थी कि कहीं नेहा पूजा को कुछ बताकर गड़बड़ ना कर दे।

चाची- "लो बाहर सब विदाई का इंतज़ार कर रहे हैं और ये लड़कियाँ अभी तक गप्पे मार रही हैं।"

नेहा- "नही बस वो मैं पूजा को बता रही थी कि शादी के बाद क्या करना होता है।" चाची ने पूजा को उठाकर उसका भारी लहँगा सँभालते हुए कहा-

"कोई ज़रूरत नहीं, मैंने सब समझा दिया है इसे कि पहली रात ही पति का दिल कैसे जीतना है।" नेहा समझ रही थी कि चाची उसे पूजा से दूर रहने का इशारा कर रही थी। चाची ने पूजा का घूँघट सीधा करते हुए उसके कान में कुछ कहा जिसे सुनकर पूजा ने शर्माते हुए हाँ में सर हिला दिया और बाहर जाते हुए नेहा को एक आँख मार गयी। नेहा अब चिंतित थी कि प्रेम से उसने वादा लिया है कि वो पूजा के साथ आज रात किसी भी हाल में सेक्स नहीं करेगा पर चाची तो जैसे पूजा को जिता कर रहेगी। उसके भाव बदलने लगे थे। बात अब उसके अहम् पे आ गयी थी। मानो उसने ठान लिया था कि कुछ भी हो जाये प्रेम आज सुहागरात उसकी बहन पूजा के साथ नहीं बल्कि उसके साथ मनायेगा।

बाहर बैंडवालों ने वही परिचित धुन छेड़ दी थी बाबुल की दुआएँ लेती जा... जा तुझको सुखी संसार मिले..' बरसों से बैंड वाले हर दुल्हन की विदाई पर यही धुन बजाते आये हैं। नेहा देख रही थी कि पूजा रोते हुए सबके गले लग रही थी और सभी रो रहे हैं। ये मौक़ा ही ऐसा होता है न चाहते भी आँसू निकल ही आते हैं, पर नेहा की नज़र तो प्रेम पर जमी थी जो नेहा के आगे-आगे चल रहा था। जहाँ डोली वाली कार खड़ी थी। नेहा कोशिश कर रही थी कि प्रेम उसे एक बार देख ले पर प्रेम रिश्तेदारों के डर से उसे नहीं देख रहा था। क्योंकि वो नहीं चाहता था कि उसके और नेहा के रिश्ते के बारे में किसी को भनक भी लगे। प्रेम पूजा को डोली में लेकर बैठ गया। प्रिया ने उनकी आख़िरी तस्वीर खींचते हुए कार की खिड़की से झुक कर प्रेम से कहा-

"ओके प्रेम आल दा बेस्ट फ़ॉर योर न्यू लाइफ़.. बस इतना ही कहूँगी कि इस रिश्ते को ईमानदारी से निभाना जैसे तुमने आज तक हर रिश्ते को निभाया है।" पूजा के गाल को छूकर वो उसे बाय कहकर चली गयी। डोली की कार चक्कर लगाकर वापस आ गयी। मइके, ससुराल दोनों तरफ़ की रस्में सबकुछ इसी बरात घर में ही होनी थीं।

मइके से चलकर अब पूजा अपने ससुराल पहुँच गयी थी और यहाँ पूजा के साथ अभी भी बिंदु चाची थी। प्रेम की मम्मी और बाक़ी की औरतों ने पूजा के साथ वो सभी रस्में बड़े चाव से कीं जो एक नयी नवेली दुल्हन के साथ होती हैं। पूजा बहुत ख़ुश थी। आज उसके नये जीवन की शुरूआत होने जा रही थी। उसका मन प्रेम के साथ सुहाग के कमरे में जाने के लिए उतावला हो रहा था। शादी होते ही सेक्स करने की इच्छा जागृत हो जाती है। ये नेचुरल प्रोसेस ही है। सही तो कहती थी नेहा। वो मन ही मन नेहा को बहुत दुआएँ देने लगी। जो सामने दरवाज़े पे खड़ी इन रस्मों को देख रही थी। वो बेचारी नहीं जानती थी कि जिस बहन को वो इतनी दुआएँ दे रही थी वही उसकी शादीशुदा ज़िन्दगी के दरवाज़े पर आग के दरिया बिछा चुकी थी कि तभी बिंदु चाची पूजा को उसके सुहाग के कमरे में ले गयी।

प्रेम को उसके दोस्तों ने कमरे से बाहर ही रोक लिया। सुहाग का कमरा ख़ुशबूदार फूलों से सजा हुआ था। चाची ने प्यार से पूजा को बैड पर बिठाया।

"आज से तेरी नयी ज़िन्दगी शुरू होने वाली है पूजा। पता है जब मेरी शादी हुई थी तो तेरी माँ ने मुझे सारी बातें समझायी थीं जो आज मैं तुझे समझाने जा

रही हूँ।

देख हर लड़की के जीवन में यह मोमेंट आता है। पहली बार जब वो सेक्स के लिए तैयार होती है। डर लगता है किसी अजनबी चीज़ को देखकर।" चाची की बातें सुनकर पूजा शर्मा रही थी।

"क्या चाची कैसी बातें कर रही हो!"

चाची- "ये बातें जो तेरे साथ अब होंगी.. देख डरना नहीं... प्रेम को भी तो कोई सिखाकर भेजेगा.. अगर वो तुझसे बड़ा खिलाड़ी निकला तो? ये खेल तुझे ही जीतना है समझी? याद रखना पहली रात जिस लड़की ने बिल्ली मार ली.. मतलब पति को ख़ुश कर लिया, उसका प्यार पा लिया, ज़िन्दगी भर पति को क़ाबू में रखती है।"

वो जब पूजा को ये सब समझा रही थी वो नहीं जानती कि नेहा कमरे के अंदर आ चुकी है। वो देख रही थी कि कैसे चाची पूजा को प्रेम के लिए तैयार कर रही हैं।

चाची- "देख हो सकता है प्रेम शर्माये, नर्वस हो.. पर तू नहीं होना अगर वो पहल करने से डरे तो तू पहल करना।

पूजा- "अगर उसने मेरी तरफ़ ध्यान ही नहीं दिया तो?"

चाची- "क्यों नहीं देगा? इतनी सुंदर बीवी है उसकी, बाई चांस उसने ऐसा किया तो उसके सामने कपड़े बदल लेना शर्मना नहीं। बस ध्यान रहे उसकी नज़र तुम्हारे बदन से नहीं हटनी चाहिए बस बाक़ी फिर वो करेगा... समझ गयी?" पूजा चाची को हैरानी से देखे जा रही थी। पूजा-पाठ करने वाली बिंदु चाची ऐसी बातें भी खुलकर कर सकती है। चाची पूजा को प्यार करके बाहर जाने को थी कि उसने पाया नेहा वहाँ खड़ी है।

चाची- "तू यहाँ क्या कर रही है?"

नेहा- "मुझे ज़रा पूजा से बात करनी थी!" चाची ने नेहा का हाथ पकड़ते हुए कहा-

"बस आज कुछ नहीं, आज उसे प्रेम के साथ छोड़ दे.. आज उसका दिन है.. तू चल मेरे साथ।" वो लगभग नेहा को अपने साथ खींचकर ले गयी। दरवाज़ा बंद था। पूजा की नज़र अब दरवाज़े पर थी जहाँ से अब प्रेम को आना था। प्रेम... नाम में ही प्यार था जो पूजा को मिलना था। एक अजीब-सी गुदगुदी हो रही थी उसके दिल में। आज उसके दिलो-दिमाग़ में प्रेम के सिवाय कुछ भी

नहीं था। बस उस सुखद अनुभव को लेने के लिए अपने घुटनों पर सर रख के प्रेम का इंतज़ार करने लगी।

सुहाग के कमरे के बाहर ही प्रेम खड़ा था.. सफ़ेद शेरवानी सर पर बाल बिखरे हुए क्योंकि गर्मी के कारण अपनी पगड़ी उतार दी थी। प्रेम की बड़ी चाची छोटी चाची, बुआ सभी तो उसे तंग कर रहे थे, अंदर नहीं जाने दे रहे थे। हँसी खेल चल रहा था और दूर खड़ी नेहा यही सोच रही थी कि प्रेम से जो उसने वादा माँगा है वो पूरा करेगा कि नहीं कि तभी प्रेम की मम्मी ने सबको टोकते हुए कहा-

"चलो अब सब हटो अंदर जाने दो, प्रेम को बहुत थक गया है। नींद आ रही होगी बेचारे को।" कि सभी औरतों ने हँसते हुए प्रेम को पूजा के कमरे में धक्का दे दिया और प्रेम की बुआ ने बाहर से दरवाज़ा बंद कर दिया। नेहा ने देखा के प्रेम की बुआ ने तो बाहर से कुण्डी लगा दी है अब प्रेम को अगर बाहर आना होगा तो कैसे आयेगा? और उधर अंदर पूजा ने जैसे ही दरवाज़े पर आहट महसूस की वो समझ गयी कि प्रेम आया है। वो सर पर साड़ी का पल्लू सँभालते हुए सहम कर बैठ गयी।

प्रेम अब पूजा के क़रीब था। पूजा तो प्रेम को अपने पीछे खड़ा देख सहम ही गयी। किसी पराये लड़के को ऐसे बंद कमरे में उसने अपने इतनी क़रीब कभी नहीं महसूस किया था। वो भी, वो लड़का जिसके सामने उसे अपना सब कुछ निछावर करना था। पूजा के तो हाथ-पैर फूलने लगे थे। प्रेम ने देखा कि लाल रंग की साड़ी, लाल ब्लाउज़, गले में मंगल सूत्र, माँग में लाल सिन्दूर और हाथ में लाल रंग की चूड़ियाँ और पूरी की पूरी गहनों से लदी हुई थी पूजा। किसी ज्वैलरी की मॉडल लग रही थी। पूजा बिस्तर पर बैठकर चादर के कोने को उँगलियों से घुमाने लगी। उसे समझ नहीं आ रहा था कि पहला क़दम कौन बढ़ाएगा। प्रेम ने सामने आकर हल्की-सी मुस्कान से उसका अभिनन्दन किया और अपनी शेरवानी के बटन खोलने लगा। उसके दिमाग़ से नेहा का डर जा नहीं रहा था और पूजा समझ रही थी कि पहल कौन करेगा! उसने देखा कि प्रेम ने शेरवानी उतारी, पर उससे पहले पूजा ने प्रेम की शेरवानी पकड़ ली और साइड में रख दी। पहली ही रात उसने अपने पत्नी धर्म का परिचय दे दिया था। पूजा ने देखा कि प्रेम अब बनियान और नीचे सिल्क का पायजामा पहने हुए था। वो फिर से प्रेम के अगले क़दम का इंतज़ार करने लगी पर प्रेम था कि वो बार-बार अपने फ़ोन को देख रहा था कि कहीं नेहा का मैसेज ना आ जाये। पूजा ने उसका ध्यान

तोड़ते हुए पूछ लिया-

"किसी ख़ास फ़ोन का इंतज़ार है?" पूजा की बात सुनकर प्रेम घबरा गया-

"नही.. वो बस कुछ दोस्तों के फ़ोन जो शादी में नहीं आ पाये.. " प्रेम ने अपने डर को छुपाते हुए पूजा से झूठ बोल दिया।

पूजा- "कोई बात नहीं आप आराम से अपने दोस्तों से बात कर लीजिये।" कहते हुए उसने अपना चेहरा AC की तरफ़ कर दिया।

"कितनी गर्मी है ना!" कहते हुए वो अपनी साड़ी का पल्लू नीचे करके ए सी की तरफ़ मुँह करके ठंडी हवा लेने लगी। प्रेम ने शीशे में से देखा कि पूजा बहुत सुंदर थी। शादी की थकान के कारण मेकअप जगह-जगह से बिखर गया था। बालों की लटें यहाँ-वहाँ से उसके जूड़े का साथ छोड़कर उसके चेहरे पर लहरा रही थीं। अजीब-सा आकर्षण था पूजा में। प्रेम की नज़रें पूजा से हट नहीं रही थीं। उसका जी कर रहा था बस उसे देखता ही जाये। अचानक पूजा की नज़रें प्रेम से मिल गयीं। ये देख प्रेम भी चौंक गया। उसने अपनी नज़रें फेर लीं। पूजा भी मुँह फेरकर मन ही मन मुस्कुरा दी। आख़िर प्रेम ने उसे देख लिया था, पर सवाल था कि पहला क़दम कौन उठाएगा? पर पूजा तो हर क़दम के लिए तैयार थी। यही तो सिखाया था बिंदु चाची ने उसे और प्रेम भी यही सोचे जा रहा था कि इतनी सुंदर पत्नी थी उसकी और वो हाथ में फ़ोन थामे साली के फ़ोन का इंतज़ार कर रहा था! उससे रहा नहीं गया, उसने अपना मोबाइल ऑफ़ कर दिया। उसने देखा कि पूजा अब चुपचाप बैड पर आकर बैठ गयी। मानो आमंत्रण था प्रेम के लिए। प्रेम भी धीरे से पूजा के पास जाकर बैठ गया। प्रेम को क़रीब पाते ही पूजा के दिल की धड़कने बढ़ने लगीं कि अब प्रेम का अगला क़दम क्या होगा? प्रेम ने धीरे से अपना हाथ बढ़ाकर पूजा के हाथ पर रख दिया। प्रेम का स्पर्श क्या पाया पूजा ने किउसका दिल ज़ोर-ज़ोर से धड़कने लगा। पूजा के दिल की धड़कन प्रेम अब महसूस कर रहा था। पूजा ने आधे मन से अपना हाथ खींचना चाहा कि प्रेम ने उसका हाथ पकड़ लिया और धीरे से अपने होंट पूजा के होंटों के पास ले गया। प्रेम की साँसों को अपने होंटों पर महसूस कर पूजा तो ऐसे काँप गयी जैसे प्रेम कोई ह्यूमन बम हो, जो कभी भी फट जायेगा। उसने आँख बंद करके दूसरे हाथ से चादर को मुट्ठी में भींच लिया।

"पहली बार?" पूजा की घबराहट देखते हुए प्रेम ने पूजा से पूछ डाला। पहले तो पूजा को कुछ समझ नहीं आया कि प्रेम ने अपने होंट उसके कान के पास

ले जाकर पूछा-

"मतलब इससे पहले किसी लड़के ने तुम्हें छुआ है?" पूजा ने आँख बंद किये ही 'ना' में सर हिला दिया। इसके बाद प्रेम ने धीरे से पूजा के हाथ से चादर की पकड़ ढीली की और उसके हाथ पकड़कर अपने गाल पर रख दिया। पूजा तो सिहर उठी। पहला स्पर्श था पूजा के लिए किसी मर्द का। वो तो बस आँख बंद करके काँपे जा रही थी। बस इजाज़त दे दी थी प्रेम को कि वो जो चाहे करे।

"डर लग रहा है तो रहने देते हैं?" प्रेम ने पूजा की घबराहट देखते हुए अपना हाथ पीछे खींचना चाहा कि पूजा ने प्रेम का हाथ पकड़ लिया और 'ना' में सर हिलाते हुए फिर से आँख बंद कर लीं। संकेत था ये प्रेम के लिए कि वो उसकी घबराहट की परवाह किये बिना आगे बड़े।

पूजा- "लाइट बहुत ज़्यादा है मुझे शर्म आ रही है।" प्रेम के चेहरे पर मुस्कराहट आ गयी। उसने जाकर लाइट बंद की तो पाया कि उस कमरे में एक नीले रंग का बल्ब जल रहा था। जिसकी रौशनी बड़ी रोमांटिक थी। उसने देखा कि नीले रंग की रौशनी पूजा के बदन पर पड़कर उसे और निखार रही थी। वो धीरे से पूजा के पास गया और धीरे से उसके सर से उसका पल्लू सरका दिया। कितनी ख़ूबसूरत थी पूजा और फिर धीरे-धीरे उसके गहनों के संग खेलने लगा। हर गहने को वो छूकर देख लेता जो पूजा की ख़ूबसूरती को निखार रहे थे। सर का माँग टिका, फिर कानों के झुमके। पूजा प्रेम की इस क्रिया में उसका साथ दे रही थी। जब-जब प्रेम उसके गहने छूता, उसकी उँगलियाँ पूजा को छू जातीं। एक सुखद अनुभव था पूजा के लिए और फिर अंत में प्रेम ने उसके गले से एक बड़ा-सा सोने का हार जिसकी डोरी पीछे की ओर थी, धीरे से उतार दिया। जैसे ही वो हार पूजा के बदन से सरकता हुआ उतरा। पूजा की तो जैसे जान ही निकल गयी। प्रेम ने देखा पूजा का असली रूप अब उसकी नज़रों के सामने था। इतनी सुंदर थी उसके बदन की बनावट। क्यों न हो सिर्फ़ २४ साल की सुन्दरी थी पूजा। वो भी अनछुई ख़ूबसूरती। प्रेम को अब पूजा के बदन की ख़ुशबू अपनी ओर आकर्षित कर रही थी। वो अब ज़्यादा इंतज़ार नहीं करना चाहता था, पर पूजा को पूरा सम्मान भी देना चाहता था। उसने हाथ बढ़ाकर पूजा की पीठ से उसके ब्लाउज़ को डोरी धीरे से खोल दी। पूजा उत्तेजनावश एक पल के लिए छटपटाई, जिसका प्रमाण उसकी खनकती चूड़ियों ने दिया। प्रेम के हाथ पूजा की पीठ पर जैसे ही आये, पूजा को न जाने क्या हुआ वो प्रेम से लिपट गयी और

प्रेम ने भी अब पूजा को अपने आग़ोश में ले लिया। दो प्रेमी अब इस प्रेम-सफ़र के लिए तैयार थे। प्रेम ने धीरे से पूजा की पीठ पर हाथ सरकाकर धीरे-धीरे उसके ब्लाउज़ के हुक खोलने लगा। वो पूजा के गाल चूमता और एक हुक खोलता, फिर दो, फिर तीन। जैसे ही वो ब्लाउज़ के हुक खोलता पूजा आँख बंद करके अपनी मुट्ठी से चादर को पकड़ लेती। प्रेम के इस वार से उसे मीठे मीठे झटके लग रहे थे और अगले ही पल पूजा का ब्लाउज़ अब पूजा के बदन को त्याग चुका था। प्रेमे के सामने अब पूजा के उभरे हुए वक्ष थे। जो अब पूर्ण आज़ादी के लिए बेताब हो रहे थे, जिसके लिए प्रेम राज़ी था पर उन नन्हे क़ैदियों को आज़ाद करने से पहले प्रेम एक बार पूजा के होंट चूम लेना चाहता था, पर उसने पाया कि पूजा ने अब भी डर के मारे आँखें बंद की हुई हैं। प्रेम पूजा की इस मासूमियत का फिर से क़ायल हो गया। उसके दिल ने आवाज़ दी कि उसे पूजा से प्यार हो गया है। वो एक टक पूजा को देखा जा रहा था। उसने हाथ बढ़ाकर पूजा के ब्रा का हुक खोल डाला। हुक के खुलने के हल्के झटके ने ही पूजा के अंदर एक अजीब से सरसराहट पैदा कर दी। प्रेम देख रहा था कि कैसे पूजा आँख बंद किये अपनी साड़ी से अपने वक्षों को ढँके काँप रही थी। प्रेम ने पूजा की मासूमियत देखते हुए उसके कान में फुसफुसाया-

"एक बार देखोगी भी नहीं पूजा कि तुम्हें चाहने वाला चेहरा कैसा है?" इतना सुनते ही पूजा ने आँखें खोल दीं। प्रेम का चेहरा बिल्कुल उसके सामने था। इतना क़रीब कि उसकी साँसें पूजा की साँसों से टकरा रही थीं। पूजा की साँसें बढ़ने लगीं। इतनी कि उसके वक्ष अब रह-रहकर प्रेम को अपने होने का प्रमाण दे रहे थे। ये भी उसके लिए नया अनुभव था। पूजा ने हिम्मत करके कहा-

"आपकी छवि तो मैंने दिल में बसा ली है। आँख बंद करती हूँ तो भी आप ही दिखते हैं मुझे!" कहते हुए उसने फिर आँखें बंद कर लीं।

एक ही झटके में प्रेम ने पूजा के बदन से साड़ी खिकसा दी और उसके बदन को उसके वस्त्रों से आज़ादी दे दी। पूजा का गोरा बदन किसी पवित्र झरने की तरह प्रेम के सामने था, जिसमें प्रेम अब गोता लगाना चाहता था। प्रेम ने अपनी हथेली धीरे से पूजा की पीठ पर क्या रखी, पूजा प्रेम में और सिमट गयी। प्रेम अब आसानी से उसकी पीठ सहला रहा था। प्रेम अपने होंट धीरे से पूजा के होंटों के क़रीब ले आया। दोनों की साँसें आपस में टकराकर किसी चक्रवात के आने का संकेत देने लगी थीं। प्रेम ने पूजा की हिम्मत की सरहाना करते हुए अपने होंट

पूजा के होंटों पर रख दिये। पूजा ने भी विरोध नहीं किया। पूजा के लिए किसी पराये होंटों के रस का स्वाद एक नया अनुभव था। जो उसे अच्छा लग रहा था। प्रेम और पूजा अब सब कुछ भुलाकर दूसरी दुनिया में पहुँच चुके थे। पर वो नहीं जानते थे कि उनकी इस प्रेम क्रीडा पर किसी और की भी नज़र थी। 'नेहा' जो पिछली खिड़की के परदे से अपने क्रोध को उबालते हुए ये सारा नज़ारा देख रही थी, अचानक वो वहाँ से ग़ायब हो गयी और यहाँ अब प्रेम पूजा के संग आख़िरी गोता लगाने के लिए तैयार था। प्रेम ने पूजा को आराम से बिस्तर पर वक्षों के बल लेटा दिया और फिर हल्के-हल्के पूजा की पीठ पर अपने होंटों से फूँकने लगा। पूजा तो बस चादर को अपनी मुट्ठियों से भींचे बिंदु चाची को याद कर रही थी। सही कहा था उन्होंने कि प्यार के यही सही मायने हैं। प्रेम ने अचानक धीरे-धीरे पूजा की पीठ पर चुम्बनों को बौछार कर दी। पूजा सिहर उठी। फिर प्रेम ने पूजा को धीरे से सीधा किया। पूजा तो इतनी शर्मा गयी कि उसने दोनों हाथों से अपने वक्ष ढँक लिये और आँखें ज़ोर से बंद कर लीं। प्रेम ने धीरे से पूजा के दोनों हाथ पकड़े और सीधे कर दिये। पूजा ने पहले तो विरोध किया पर प्रेम की इस प्यार भरी पकड़ के आगे आत्मसमर्पण कर दिया। दो बदन प्यार की आग में जलने को तैयार थे।

पूजा बंद आँखों से ही इस सुखद अनुभव को महसूस कर पा रही थी। उसका दिल अंदर ही अंदर अब उस सुखद दस्तक का इंतज़ार करने लगा जो प्रेम किसी भी पल दे सकता था। उसके दिल ने उलटी गिनती शुरू कर दी थी। कभी भी वो उस असीम मिलन को महसूस कर सकती थी। जो क़ुदरत की रचना है। जो सच्चे प्यार की परिभाषा है। धक-धक करता हुआ उसका दिल उसके लिए ये गिनती गिन रहा था कि अचानक! अचानक! दरवाज़े पर ज़ोर से खटखटाने की आवाज़ आने लगी। बाहर से प्रेम की मम्मी के चिल्लाने की आवाज़ आ रही थी।

"प्रेम! पूजा! जल्दी बाहर आयो.. जल्दी करो!" एक घबराहट थी प्रेम की मम्मी की आवाज़ में। ये सुनकर पूजा और प्रेम दोनों घबरा गये उन्होंने अपने कपड़े जल्दी-से ठीक किये और प्रेम ने जाकर दरवाज़ा खोल दिया। पीछे-पीछे पूजा भी आ गयी। उसके बाद प्रेम ने जो देखा तो उसके होश उड़ गाये। बाहर शादी की वेदी जहाँ उसके फेरे हुए थे धूँ-धूँ करके जल रही थी। कई लोग बाल्टी में पानी लेकर उस आग को बुझाने की कोशिश कर रहे थे। यह देख तो पूजा

बहुत डर गयी। वो अपनी माँ के पास जाकर खड़ी हो गयी। प्रेम को शायद अंदाज़ा था कि ये आग कैसे लगी। उसकी नज़रें नेहा को ढूँढ़ने लगीं थी कि अचानक किसी की थपकी ने प्रेम को चौंका दिया। वहाँ नेहा खड़ी थी। उसने धीरे से प्रेम के कान में कहा-

"ये तो ट्रेलर है जीजा जी, पिक्चर तो आपको सारी ज़िन्दगी दिखाऊँगी मैं आपको!" प्रेम का शक यक़ीन में बदल गया कि ये सब नेहा का किया-धरा था।

प्रेम- "क्यों किया ये सब?"

नेहा- "कहा था न मैंने कि पूजा के संग सुहागरात मनाने से पहले तुम मेरे साथ मोहब्बत करोगे.. कहा था न मैंने? और मुझे अवॉयड करने के लिए अपना फ़ोन भी बंद कर दिया।" प्रेम ने देखा नेहा की बात में एक ख़तरनाक धमकी छुपी हुई थी।

नेहा- "अभी रात बाक़ी है अगर चाहते हो ये सब दोबारा न हो तो चले आना.. छत पर मैं तुम्हारा इंतज़ार कर रही हूँ।" कहते हुए वो वहाँ से निकल गयी। प्रेम समझ चुका था कि वो बुरी तरह से नेहा के चंगुल में फँस चुका है। बात अब उसकी नहीं रही, नेहा किसी को भी नुक्सान पहुँचा सकती थी अगर उसकी बात न मानी गयी। चारों तरफ़ अफरा-तफरी मची हुई थी। प्रेम ने देखा कि धीरे-धीरे वेदी में लगी आग बुझ रही थी, पर वो आग ज्वाला बनने जा रही थी जो उसने अपने और नेहा के बीच लगा ली थी।

जैसे तैसे सभी रिश्तेदारों ने मिलकर आग बुझा दी। कोई कह रहा था कि अपशगुन टल गया तो कोई कह रहा था कि बला टली। कुल मिलाकर सभी की सोच पॉज़िटिव ही थी। घर में नयी दुल्हन आयी थी, इसीलिए प्रेम की मम्मी इस घटना को लेकार कोई टेंशन नहीं पालना चाहती थी। माहौल को सामान्य करने के लिएउसने सबसे कहा, "चलो चाय बनाते हैं.. प्रेम तुम पूजा को लेकर अंदर जाओ और सो जाओ। पूजा की मम्मी भी इस बात से सहमत थी। उसने भी पूजा को कमरे में जाने का इशारा किया और पूजा अपने कमरे में लौट गयी। सब शांत हो गया था। पूजा के पापा, प्रेम के पप्पा और बाक़ी लोग इस बात की अटकलें लगा रहे थे कि आख़िर ये आग लगी कैसे होगी? पर प्रेम जानता था कि ये किसका किया-धरा है। और ये तो सिर्फ़ शुरूआत थी, एक धमकी जो नेहा ने उसे दी थी। वो इसी उधेड़बुन में था कि प्रेम की मम्मी ने उसका ध्यान तोड़ते हुए कहा, "जा बेटा बहू अकेली है कमरे में!" प्रेम ने हामी भर दी। पर वो कैसे जाये,

छत पर नेहा उसका इंतज़ार कर रही थी।

इधर पूजा अपने कमरे में सहमी हुए बैठी थी। उसके पति ने उसे प्यार करना शुरू ही किया था कि ये सब हो गया। वो समझ नहीं पा रही थी कि उसके विवाहित जीवन की शुरूआत सुखद हुई थी कि दुखद कि तभी प्रेम अंदर आ गया। प्रेम को देखकर वो खड़ी हो गयी। उसने देखा कि प्रेम के चेहरे पर चिंता के भाव हैं। वो समझ रही थी कि प्रेम शायद उस हादसे की वजह से घबरा गया है, पर वो नहीं जानती थी कि प्रेम का मन तो नेहा की धमकी को लेकर विचिलित था। उसने देखा कि प्रेम चुपचाप आकर बैड पर बैठ गया।

पूजा- "जो हुआ ठीक नहीं हुआ, पर कोई बात नहीं अंत भला तो सब भला.. आग बुझ गयी है।" पर प्रेम उसकी तरफ़ नहीं देख रहा था क्योंकि वो जानता था कि आग अभी बुझी नहीं है जो ज्वाला बनके छत पर उसका इंतज़ार कर रही है। पूजा प्रेम के सामने सहमी हुई सी बैठी थी कि अब प्रेम जैसा कहेगा वो वैसा ही करेगी कि प्रेम ने उसे प्यार से देखते हुए उसके गाल पर अपना हाथ रखते हुए कहा-

"तुम चैन सो जाओ कल बात करेंगे.." पूजा समझ गयी थी कि प्रेम का मूड ठीक नहीं है। उसने मुस्कुराते हुए प्रेम की बात मानी और बिस्तर पर तकिया लेकर लेट गयी। प्रेम अब पूजा के सोने की इंतज़ार कर रहा था, उसे नींद नहीं आ रही थी। अचानक उसने देखा य उसके मोबाइल पर नेहा के तीन चार मैसेज थे। उसका मोबाइल म्यूट पर था इसीलिए आवाज़ नहीं आ रही थी और हर मैसेज में एक ही बात लिखी थी, "मैं इंतज़ार कर रही हूँ।" कि पूजा ने उसके हाथ पर हाथ रखते हुए पूछ लिया-

"क्या बात है?"

प्रेम- "एक बात कहूँ बुरा तो नहीं मानोगी?"

पूजा- "कहिये " प्रेम ने हिचकिचाते हुए कहा, "जब कभी टेंशन हो जाती है मैं सिगरेट पीता हूँ, अगर तुम इजाज़त दो तो एक सिगरेट पी आऊँ?" पूजा ने मुस्कुराते हुए कहा, "यहीं पी लीजिये, मैं बुरा नहीं मानूँगी!"

प्रेम- "नहीं, मुझे किसी के सामने पीना अच्छा नहीं लगता और वैसे भी घर में अभी तक किसी को पता नहीं कि मैं सिगरेट पीता हूँ।" पूजा को यह बात अच्छी लगी कि प्रेम ने उसके साथ उसकी पर्सनल बात शेयर की थी।

प्रेम- "मैं चुपचाप छत पर जाकर सिगरेट पीके आ जाऊँगा, तुम किसी से

मत कहना। पूजा ने मुस्कुराते हुए कहा, "जाइये किसी से नहीं कहूँगी!"

प्रेम को तस्सली थी कि उसे नेहा के पास जाने के लिए पूजा से कोई बड़ा बहाना बनाने की ज़रूरत नहीं पड़ी।

प्रेम- "मैं कपड़े बदलकर जाता हूँ, तुम भी कपड़े बदलकर सो जाना।" उसने बैग से अपना कुर्ता पायजामा निकालते हुए पूजा से कहा।

उधर छत पर नेहा प्रेम का इंतज़ार कर रही थी। उसे यक़ीन था कि प्रेम आयेगा। उसे आना ही होगा अब तो नेहा मन में एक ज़िद लेकर घूम रही थी। पिछली रात को छत पर जहाँ ख़ूब हंगामा था आज सन्नाटा पसरा हुआ था। जगह-जगह कुर्सियाँ और गद्दे पड़े थे। नेहा ने दो गद्दे उठाकर दीवार के पीछे लगा दिये जहाँ कोई न देख सके। बस उसे अब प्रेम का इंतज़ार था। सुबह के ४ बज चके थे, सूरज कभी भी उग सकता है और उसे पहले प्रेम को आना है। अगर प्रेम नहीं आया तो नेहा क्या करेगी वो आगे की प्लानिंग करने लगी थी कि अचानक उसने पाया कि सीढ़ियों में किसी के आने की आहाट हो रही है। वो दीवार के सहारे छुप गयी। उसने देखा कि प्रेम आ गया है और नेहा को ही ढूँढ़ रहा था कि नेहा ने हाथ बढ़ा कर प्रेम को अपनी ओर खींच लिया। अब प्रेम नेहा के एक दम नज़दीक था। उसकी नज़रें नेहा से मिल रही थीं। उसने देखा कि नेहा की आँखों में उसे पाने की हवस थी, जिससे वो बच नहीं सकता था। वो तो पूर्ण समर्पण के लिए आया था। नेहा उसका हाथ पकड़कर उस तरफ़ ले गयी जहाँ उसने गद्दे बिछाये थे।

प्रेम- "लो आ गया हूँ, क्या चाहती हो?" नेहा अपनी इस जीत पर ख़ुश थी। वक़्त न बर्बाद करते हुए उसने प्रेम के हाथ अपने चेहरे पर रख दिए और ख़ुद ही उन्हें ज़ोर-ज़ोर से अपने बदन पर फेरने लगी। मानो अब वो प्रेम को निर्देश दे रही थी कि उसे क्या करना है और फिर प्रेम ने वैसा ही करना शुरू कर दिया। नेहा ने पाया कि अब प्रेम उसके निर्देशों का पालन करते हुए ख़ुद ही उसके हर अंग का स्पर्श कर रहा था। फिर नेहा ने उसकी गर्दन पकड़कर अपने होंट उसके होंटों पे रखकर गहरे चुंबन देने शुरू कर दिये। नेहा की इस क्रिया में प्यार से ज़्यादा हवस और ज़िद दिख रही थी। वो बेतहाशा अब प्रेम के होंटों को चूम रही थी। इसी क्रिया के दौरान दोनों गद्दे पर गिर गये। प्रेम ने देखा कि नेहा को उसे पाने की बहुत जल्दी थी। वो जल्दी-जल्दी उसका कुर्ता उतार रही थी और ख़ुद अपना ब्लाउज़ खोलने लगी। प्रेम भी अब ये सब जल्दी निबटा देना चाहता

था। नेहा ने उसे छेड़ते हुए कहा-

नेहा- "अली बाबा के दर्शन करवायो न जीजा जी.." प्रेम को नेहा की इस अठखेली में कोई दिलचस्पी नहीं थी। उसने नेहा को लिटाकर उसके हाथों को ज़ोर से जकड़ लिया। प्रेम ने आगे बढ़ने से पहले एक बार नेहा को देखा जो प्रेम को अपनी ओर खींचने की कोशिश कर रही थी। प्रेम की आँखों में नेहा के लिए नफ़रत साफ़ दिखायी दे रही थी, पर नेहा को उससे कोई फ़र्क़ नहीं पड़ता था। उसे बस प्रेम चाहिए थे। वो भी अपने भीतर... ।

नेहा- "अब देर मत करो जीजा जी.. आयो न.." कहते हुए उसने प्रेम को फिर से एक बार अपनी ओर धकेलना चाहा कि प्रेम ने हल्का-सा ज़ोर लगाकर ख़ुद को नेहा के भीतर धकेल दिया। नेहा की एक आह निकल गयी। प्रेम अपना सारा क्रोध नेहा पर निकाल देना चाहता था। लिहाज़ा उसने नेहा पर पूरी खुन्नस से वार करना शुरू कर दिया और जल्द ही उसका सारा बारूद नेहा के अंदर जा कर फट गया। नेहा ने भी एक हल्की-सी आह के साथ प्रेम के इस आक्रमण का स्वागत किया और अगले पल थक कर आँख बंद करके लेट गयी। प्रेम ने नेहा को घृणा भरी नज़र से देखा और अपने कपड़े ठीक किये और खड़ा हो कर निकल गया। नेहा की एक और जीत हुई थी। उसने अपने कपड़े ठीक करके एक अँगड़ाई ली। वो बहुत ख़ुश थी कि प्रेम अब पूरी तरह उसके क़ाबू में है। प्रेम चुपचाप अपने कमरे में जाकर पूजा के बग़ल में सो गया। पूजा को इस बात का एहसास ही नहीं हुआ कि प्रेम क्या करके आया था।

नयी सुबह का सूरज उग चुका था। बारात घर में बाहर हलचल शुरू हो चुकी थी। हलवाई आ गया था। लोगों का दिनचर्या शुरू हो गया था और देखते-देखते बारात घर में फिर से वो रौनक़ लौट आयी, पर सबका ध्यान अब पूजा और प्रेम के कमरे पे था, ख़ासकर नेहा का जो ये जानने को उत्सुक थी कि रात को पूजा के साथ प्रेम ने कुछ किया तो नहीं। उसने देखा कि बिंदु चाची हलवाई से ट्रे में पूजा और प्रेम के लिए चाय और बिस्कुट लेकर जा रही थी कि नेहा ने उसे रास्ते में ही पकड़ लिया। उसके हाथ से ट्रे लेते हुए कहा-

"चाची मुझे दीजिये मैं ले जाती हूँ.."

बिंदु चाची- "तू रहने दे उन्हें डिस्टर्ब करेगी!" नेहा ने लगभग चाची से ट्रे खींचते हुए कहा-

"रात को भी आपने मुझे पूजा के कमरे से निकाल दिया था। आख़िर बहन

है मेरी।"

चाची- "ठीक है, पर अगर वो सो रहे हैं तो बाहर से ही पकड़ा कर आ जाना.." नेहा ने चाची से ट्रे ली और पूजा के कमरे का दरवाज़ा नॉक करते हुए आवाज़ लगायी-

"पूजा! पूजा मैं हूँ नेहा... चाय लायी हूँ।" नेहा की आवाज़ सुनकर पूजा ने दरवाज़ा खोल दिया। नेहा ने देखा पूजा ने एक नाइटी पहनी हुई है। माँग में सिन्दूर बिखरा हुआ था। पूजा ने अपने लम्बे बाल पीछे जूड़े की तरह बाँधते हुए कहा-

"आ न अंदर नेहा.." नेहा ने वहीं से ट्रे पूजा को पकड़ते हुए फब्ती कसी-

"नहीं-नहीं मैं डिस्टर्ब नहीं करना चाहती, क्या पता जीजा जी का मूड फिर बन जाये.." पूजा ने मुँह बनाते हुए नेहा का हाथ पकड़कर उसे अंदर खींच लिया।

"अब बस भी कर। हर वक़्त ऐसी बातें अच्छी नहीं लगतीं.." नेहा ने अंदर आकर देखा कि प्रेम बाथरूम से अभी बाहर आया है। नेहा को देखकर प्रेम की तो सिट्टी-पिट्टी गम हो गयी कि ये यहाँ क्या कर रही है?

नेहा- "जीजा जी अगर ऐतराज़ ना हो तो में पूजा दीदी से कुछ बातें अकेले में कर सकती हूँ?" नेहा की बातें सुनकर प्रेम तो काँप उठा कि कहीं ये पूजा को कुछ बता ना दे। प्रेम की घबराहट पढ़ते हुए नेहा ने उससे कहा-

"घबराओ नहीं जीजा जी, मेरे और दीदी के बीच बहुत से सीक्रेट्स हैं। वैसे आप भी चाहें तो मेरे साथ कोई भी सीक्रेट शेयर कर सकते हैं। बहुत माहिर हूँ मैं सीक्रेट रखने में। ट्राई करके देख लीजिये।" प्रेम देख रहा था जहाँ एक तरफ़ नेहा पूजा के सामने उसके साथ अपनापन दिखा रही थी वहीं उसकी बातों में प्रेम के लिए एक छुपी हुई धमकी भी थी। पूजा ने प्रेम की घबराहट देखते हुए नेहा को प्यार से डाँटते हुए कहा-

"चुप कर, इज़्ज़त से बात कर, जीजा हैं तेरे।"

नेहा- "इतना मज़ाक़ तो जीजा-साली में चलता है, क्यों है ना जीजा जी?" प्रेम नेहा के इस भद्दे मज़ाक़ का जवाब नहीं देना चाहता था। उसने पूजा से कहा

"मैं ज़रा बाक़ी लोगों से मिल लेता हूँ.. चाय बाहर ही पी लूँगा" पूजा ने भी मुस्कुराकर उसे इजाज़त दे दी।

नेहा ने तंज़ मारते हुए कहा, "हाय हाय क्या बात है जीजा जी बाहर क्यों चले गये? रात को सब ठीक रहा न?"

पूजा ने शर्माते हुए चाय का कप पकड़ते हुए कहा-

"हाँ नेहा सब ठीक था बस वो छोड़कर।"

नेहा- "वो छोड़कर? मतलब?"

पूजा- "रात को सब ठीक चल रहा था, ये मेरे क़रीब आये बस उसके बाद आग लग गयी मम्मी जी ने दरवाज़ा खटखटा दिया.."

नेहा- "धत्त तेरे की.. मतलब कुछ भी नहीं हुआ?.... ज़रा-सा भी नहीं .....?" पूजा नेहा की इन बातों को सुनकर शर्मा रही थी।

"क्या नेहा ये बातें कोई बताने की होती हैं?"

नेहा- "हाँ-हाँ पहली बार वाली तो बिल्कुल.. पता तो चले कि तू जीती कि प्रेम जीजू...?"

पूजा- "कितनी बेशर्म है तू?"

नेहा- "बता ना बता ना..?" पूजा ने चाय का सिप लेते हुए कहा-

"कुछ नहीं, बस इतना कहूँगी कि प्रेम बहुत अच्छे हैं। एक लड़की की इज़्ज़त करना जानते हैं। ख़ास कर मेरी जैसी लड़की की जिसने आज से पहले ज़िन्दगी में ऐसा कुछ न देखा हो। शायद इसे ही प्यार कहते हैं.." नेहा ने चुटकी लेते हुए कहा, "धत्त तेरे की, मतलब काम पूरा नहीं हुआ!"

पूजा- "पूरा मतलब? बस जितना भी हुआ बहुत अच्छा हुआ। उसके बाद वो छत पर सिगरेट पीने चले गये.." नेहा जानती थी कि प्रेम उसी से तो मिलने आया था। उसकी आँख में जीत की चमक थी कि प्रेम ने उसका साथ पहले वो सब कर लिया जो उसे अपनी पत्नी पूजा के साथ करना था। उसने देखा कि पूजा बात करते-करते प्रेम के ख़यालों में खो गयी थी। उसने पूजा का ध्यान तोड़ते हुए कहा-

"और जब वो वापस आया तो?"

पूजा- "मुझे नींद आ गयी.. "

नेहा- "मतलब तू अभी भी वर्जिन.........?" पूजा ने नेहा के मुँह पर हाथ रख दिया।

पूजा- "धीरे बोल.. बस अब मुझे इस बारे में कोई बात नहीं करनी। मुझे शर्म आ रही है। अब जो होगा हनीमून पे, डोंट वरी तुझे सारी रिपोर्ट दूँगी।" कहते हुए नेहा के गले लग गयी। नेहा की आँख में अब प्रश्न उठ रहे थे कि ये लोग अब हनीमून पे कहाँ जायेंगे?

नेहा- "बस तू ख़ुश है न यही जानना था। चल जल्दी से तैयार हो जा.. आज बारात घर ख़ाली करना है.. घर निकलना है। वैसे तुम हनीमून के लिए कहाँ जा रहे हो?" पूजा ने नेहा को छेड़ते हुए कहा-

"गोवा! पर तू वहाँ मेरे पीछे मत आ जाना.." कहते हुए हँसने लगी और नेहा के गले फिर से लग गयी।

नेहा गोवा में पुलिस स्टेशन में बैठी ये कहानी दलबीर और प्रदीप को सुना रही थी। दलबीर हैरान था कि ये लड़की बयान दे रही है या फिर अपने जीजा के साथ अपनी रास लीला की गाथा सुना रही थी। नेहा समझ गयी थी कि दलबीर के मन में क्या सवाल उठ रहे हैं। उसने दलबीर को समझाते हुए कहा-

"जानती हूँ बहुत अजीब लग रहा होगा न आपको कि एक लड़की अपने जिस्मानी रिश्तों की कहानी दो मर्दों के सामने बेबाक होकर सुना रही है! हाँ अजीब ही है। मुझे भी अजीब ही लगा था जब मैंने ये सब पहली बार किया था, पर नहीं जानती थी कि ऐसे घिनौने रिश्ते का अंत मेरी बहन की मौत पर जाकर होगा!" कहते हुए वो रोने लगी। उसके भाव से साफ़ दिख रहा था कि उसने जो भी प्रेम के साथ किया उसे उस बात का पछतावा था। वो रोते हुए एक ही बात कहे जा रही थी-

"हाँ मैं यहाँ गोवा में आकर भी जीजा जी को अपने साथ संबंध बनाने के लिए मजबूर करती रही, पर उस रात पूजा दीदी को हमारे रिश्ते के बारे में पता चल गया था। उनके हाथ वो वीडियो लग गया था जो मैंने प्रेम के साथ बनाया था। मुझे तब एहसास हुआ कि पूजा प्रेम से कितना प्यार करती थी इतना कि इन सब बातों के बावजूद वो मुझे माफ़ करने को तैयार थी और मैं अपनी हवस में पागल अपनी ही बहन का घर उजाड़ने पे तुली थी। बस फिर मैं पूजा से माफ़ी माँगकर चली गयी। ये सोचकर कि अब वो दोनों एक सुखी जीवन व्यतीत करेंगे। यही सब ठीक करके गयी थी मैं, पर नहीं जानती थी कि पूजा...." कहते हुए वो ज़ार-ज़ार रोने लगी। प्रदीप ने फ़िलहाल आगे की पूछताछ करना ठीक नहीं समझा। दलबीर ने लेडी हवलदार को इशारा किया कि इसे ले जाये। लेडी हवलदार ने नेहा का हाथ पकड़ा और उसे बहार की तरफ़ ले जाने को थी कि नेहा ने पलटकर फिर से कहा-

"मैं सच कह रही हूँ मैंने पूजा को नहीं मारा, पर मैं चाहती हूँ पूजा के असली क़ातिल को सज़ा मिले इसीलिए मैं आपको हर एक बात सच बता रही हूँ!"

प्रदीप ने वहीं से सवाल दागते हुए कहा,

"तो फिर किसने मारा है.. पूजा को?" नेहा ने उन्हें ये कहकर चौंका दिया-

"प्रेम ने.. हाँ प्रेम ने.. मैं प्रेम के प्यार में इतनी दीवानी हो गयी थी कि अपने और प्रेम के बीच में किसी को भी बर्दाश्त नहीं कर पा रही थी अब वो चाहे मेरी बहन पूजा ही क्यों ना थी, पर प्रेम हर बार पूजा से अपने रिश्ते का वास्ता देता था और उस दिन मैंने बात को टालने के लिए ऐसे ही कह दिया कि इतना डरते हो पूजा से, तो मार दो उसे.. मैं तो ये बात ग़ुस्से में कह गयी थी पर मुझे क्या पता था कि प्रेम उसे सच में ही..." कहते हुए रोने लगी।

"प्रेम ने ही मारा है...पूजा को हाँ प्रेम ने ही.." कहते हुए वो लेडी हवलदार के साथ बाहर निकल गयी। प्रदीप के दिमाग़ में कई सवाल जनम ले रहे थे। उसने अपनी जेब से सिगरेट निकालकर होंटों के ऊपर घूमानी शुरू कर दी। दलबीर भी प्रदीप के दिमाग़ को पढ़ना चाहता था। उसने पूछा-

"क्या लगता है?"

प्रदीप- "ये लड़की अपने साथ घटी हर छोटी से छोटी घटना बड़े विस्तार से बता रही है, ख़ासकर अपने जीजा प्रेम के साथ अपने रिश्तों को लेकर जो बातें उसने बतायीं, उसके लिए तो साहस चाहिए। उसके हिसाब से अब तक की कहानी इस प्रकार बनती है कि प्रेम और पूजा की शादी होने वाली थी कि नेहा और प्रेम के बीच एक हादसा हो जाता है, जिससे उनके बीच नाजायज़ रिश्ते स्थापित हो जाते हैं। उसके बाद नेहा उस बात का फ़ायदा उठाकर प्रेम को ब्लैकमेल करने लगती है इतना कि वो यहाँ उनके पीछे हनीमून पर भी आ जाती है। जहाँ वो उसके साथ अपनी एक वीडियो भी बनाती है। फिर एक रात वो वीडियो पूजा के हाथ लग जाती है तो वो प्रेम का मोबाइल लेकर नेहा से सवाल करने उसके कमरे में यानी रूम नंबर ३२२ में जाती है। जहाँ दोनों बहनों की कहा-सुनी होती है। फिर नेहा का हृदय परिवर्तन होता है और नेहा उसी रात अपना सामान लेकर एयरपोर्ट के लिएये निकल जाती है। जहाँ वो १.४० पर अपना बोर्डिंग पास भी लेती है... जिससे वो निर्दोष साबित होती है।"

दलबीर- "और फिर प्रेम आता है और पूजा को मार देता है और फिर ख़ुद को मारता है या दोनों की बीच मारा-मारी होती है जिससे पूजा की मौत हो जाती है और प्रेम बुरी तरह ज़ख़्मी। मुझे तो किसी मर्डर मिस्ट्री जैसी मनगढ़ंत कहानी लगती है!"

प्रदीप- "हो सकता है, पर नेहा ने अब तक जो कहानी सुनायी है अगर वो प्रेम के बयान से मेल खा गयी तो मतलब ये सच बोल रही है.."

दलबीर- "चलो मान लेते हैं प्रेम को होश आ जाता है। वो नेहा के बयान की पुष्टि कर भी देता है, फिर उसके बाद क्या? ये कैसे पता चलेगा कि क़ातिल कौन है?" प्रदीप ने अपने अंदाज़ में हँसते हुए सिगरेट जलाते हुए कहा, "अभी तो कहनी का इंटरवल हुआ है दलबीर साहिब, सीधे क्लाइमेक्स पर पहुँचना चाहते हो? वैसे ये कहानी आगे नहीं बढ़ेगी, जब तक प्रेम अपना बयान नहीं देता। इसीलिए जितनी जल्दी हो सके प्रेम का बयान लेने की कोशिश करो।" कहते हुए उसने अपनी सिगरेट सुलगा ली। दलबीर ने उसी वक़्त डॉक्टर को फ़ोन लगाया और उससे कहा कि जितनी जल्दी हो सके उसे प्रेम का बयान लेना है। डॉक्टर ने बताया कि प्रेम को होश आ गया अब वो ख़तरे से बहार है और बयान देने की स्थिति में भी है।

दलबीर ने वक़्त न बर्बाद करते हुए प्रदीप के साथ हॉस्पिटल का रुख़ किया जहाँ प्रेम का इलाज चल रहा था। दलबीर ने वहाँ पहुँचकर पहले डॉक्टर से पूछताछ की। डॉक्टर ने उसे बताया कि उसके सर पर गहरा घाव है, शायद किसी भारी चीज़ से चोट लगी है। डॉक्टर से इजाज़त लेकर दलबीर और प्रदीप प्रेम से पूछताछ शुरू करने से उसके कमरे में प्रवेश कर गये।

उन्होंने देखा प्रेम बैड पर लेटा हुआ था। सर पर पट्टियाँ बंधी हुई हैं। उसकी बाज़ुओं में ड्रिप की सुईयाँ लगी हुई थीं। दलबीर ने देखा कि प्रेम एक टक खिकड़ी की तरफ़ देख रहा था। उसकी आँख से आँसू बह रहे थे। प्रदीप खिड़की के पास जाकर खड़ा हो गया और दलबीर ने एक स्टूल खिसकाते हुए प्रेम के हाथ पर हाथ रखते हुए पूछा-

"बात कर सकते हो?" प्रेम ने देखा एक पुलिस इंस्पेक्टर उसके सामने बैठा है। वो समझ गया था कि वो पूजा के मर्डर के बारे में पूछताछ करने आया है। दलबीर ने आगे पूछा-

"क्या हुआ था उस रात?" ये सुन प्रेम फिर से रो पड़ा।

दलबीर- "देखो मिस्टर प्रेम, आपको हमें सब सच-सच बताना होगा, वर्ना हम आपकी कोई मदद नहीं कर पायेंगे। याद करके बताइए क्या हुआ था? आपके और पूजा के बीच कोई झगड़ा हुआ था? क्या आपने अपनी पत्नी पूजा को मारा है?"

प्रेम ने 'ना' में सर हिला दिया और फिर रोने लगा।

दलबीर- "तो फिर किसने?" प्रेम चुप था।

दलबीर- "देखिये कमरा नंबर ३२२ में आप और पूजा ख़ून से लथपथ पाए गये। आपको तो हमने बचा लिया पर आपकी पत्नी पूजा को..... बताइए क्यों और कैसे मारा आपने अपनी पत्नी पूजा को?"

प्रेम- "मैंने पूजा को नहीं मारा... नहीं मारा.."

दलबीर- "तुमने ही मारा है.. क्योंकि तुम्हारी पत्नी पूजा को तुम्हारे और तुम्हारी साली के नाजायज़ रिश्तों के बारे में पता चल गया था.. ये देखो.." कहते हुए दलबीर ने उसका मोबाइल उसके सामने कर दिया जिसमें प्रेम और नेहा की अश्लील वीडियो थी। प्रेम ये देखकर दंग रह गया कि प्रदीप ने दलबीर की बात को आगे बढ़ाते हुए कहा-

"प्रेम नेहा ने इस बात की पुष्टि कर दी है, उसने आपके और उसके बीच सारे रिश्तों का खुलासा कर दिया है, बस अब आपसे आपकी तरफ़ की कहानी जाननी है। अगर आप चाहते हैं कि हम आपकी बात मान लें कि आपने पूजा को नहीं मारा तो जो भी आप जानते हैं हमें सच सच बताइये!" प्रेम अब समझ चुका था कि उसके पास सच्चाई बताने के सिवाय कोई चारा नहीं था। उसने बताना शुरू किया-

"मैं उस रात बहुत नशे में था। जब मेरी नींद खुली तो पूजा कमरे में नहीं थी। मैं उसे ढूँढ़ने के लिए बहार निकला तो पाया कि बग़ल वाला रूम जहाँ नेहा ठहरी हुई थी, उसका दरवाज़ा खुला था। मैं उस कमरे में गया तो कमरे की लाइट्स बंद थीं। मैंने हल्की-सी रौशनी में देखा कि पूजा की लाश बैड पर पड़ी थी। उसके सीने में चक्कू घुसा हुआ था। मैंने जैसे वो चक्कू उसके सीने से निकला कि मेरे सर पर एक दो वार हुए। पता नहीं कौन था? उसके बाद मुझे कुछ याद नहीं, आँख खुली तो हॉस्पिटल में था।" कहते हुए वो फिर से रो दिया। प्रदीप आखों में सवाल लिये दलबीर को देखे जा रहा था। दलबीर समझ गया कि अब उसकी बारी थी। उसने प्रेम से कहा-

"पूजा नेहा के कमरे में क्या करने गयी थी?"

प्रेम- "कहा ना मैं नहीं जानता, मैं तो रात भर से नशे में था!"

प्रदीप- "क्या लगता है प्रेम? कौन हो सकता है? जो तुम्हारी और पूजा की जान का दुशमन...?"

प्रदीप की बात काटते हुए प्रेम ने कहा-

"नेहा! पागल थी वो मेरे लिए... वो मुझे अपना ग़ुलाम बनाके रखना चाहती थी। वो कुछ भी कर सकती थी। किसी को भी रास्ते से हटा सकती थी चाहे वो उसकी बहन पूजा ही क्यों ना हो। उसने मुझसे कहा भी था कि अगर मैंने उसकी ग़ुलामी नहीं की तो वो पूजा को मार देगी... उसी ने मारा है उसे... उसी ने!" कहते हुए वो रो पड़ा। दलबीर और प्रदीप अब आँखों ही आँखों में बातें कर रहे थे। एक तरफ़ नेहा प्रेम पर पूजा के क़त्ल का इल्ज़ाम लगा रही थी तो दूसरी तरफ़ अब प्रेम नेहा पर। गुथी सुलझने की बजाये और उलझती जा रही थी।

प्रदीप- "देखो प्रेम जब तक तुम हमें अपनी, पूजा और नेहा की कहानी शुरू से नहीं सुनाओगे! ना तो हम तुम्हारी किसी बात का यक़ीन कर पायेंगे न ही तुम्हारी मदद। सो बेहतर होगा कि तुम हमें शुरू से सब कुछ सच-सच बताओ। एक-एक बात जो तुम्हारी बेगुनाही साबित कर सके!"

दलबीर ने तब प्रेम को वो कहानी सुनायी जो नेहा ने उन्हें सुनायी थी। प्रेम दलबीर के मुँह से अपनी और नेहा की कहानी सुनकर दंग था। एक भी शब्द ना ग़लत था ना झूठ। दलबीर और प्रदीप को ये तो समझ आ गया था कि नेहा ने जो भी घटना बारात घर की बतायी थी वो बात सच थी। पर बारात घर के बाद क्या हुआ वो प्रेम के मुँह से जानने को इच्छुक थे। दलबीर ने कहा-

"देखो प्रेम छतरपुर के फ़ार्म हाउस में जो कुछ भी हुआ नेहा ने हमें सब सच बता दिया है। मैं ये जानना चाहता हूँ कि उसके बाद क्या हुआ। जब तुम पूजा की डोली लेकर वहाँ से चले गये।" दलबीर ने देखा कि प्रेम आगे की बात बताने में हिचकिचा रहा था। दलबीर ने उसे चेतावनी दे डाली कि अगर उसने कुछ भी झूठ बताया तो पूजा के क़त्ल का शक उस पर भी जा सकता है। प्रेम झल्ला उठा

"मुझे शक है... शक नहीं यक़ीन है कि पूजा का मर्डर नेहा ने ही किया है.. हाँ।"

दलबीर- "अगर तुम्हें यक़ीन है तो मुझे बताओ फ़ार्म हाउस से जाने के बाद क्या हुआ था?" प्रेम समझ चुका था कि नेहा उसके और अपने रिश्ते के बारे में पुलिस को सब बता चुकी है। लिहाज़ा उसने भी आगे की बात बताने में कोई शर्म नहीं की। उसने बताना शुरू किया और दलबीर की आँखों के सामने प्रेम की कहानी किसी फ़िल्मी मंज़र की तरह घूमने लगी।

प्रेम पूजा को अपने घर मेरठ ले आया था और वो अपने घर आकर वो

कुछ ज़्यादा व्यस्त हो गया था। रिश्तेदारों के आमंत्रण की फ़ेरिस्त इतनी लम्बी थी कि कभी-कभी तो दिन में तीन बार उसका और पूजा का रिश्तेदारों के घर आना-जाना हो रहा था। उसे पूजा के साथ अकेले में वक़्त बिताने का मौक़ा ही नहीं मिल रहा था। जैसे एक ड्यूटी थी सुबह उठो, देखो आज किस रिश्तेदार के यहाँ जाना है, फिर देर रात को ओवरइटिंग करके घर आकर सो जाओ और इसी भाग दौड़ में उसके दिमाग़ से नेहा भी निकल गयी थी। और फिर आख़िरकार वो दिन आ गया जब पूजा और प्रेम को हनीमून के लिए निकलना था। वो गोवा जा रहे थे। बेशक प्रेम और पूजा के बीच अभी शारीरिक सम्बन्ध पूरी तरह से स्थापित नहीं हुआ था, पर दोनों के बीचे एक इमोशनल बोन्डिंग बन चुकी थी। पूजा प्रेम को ख़ूब समझने लगी थी, इसीलिए तो उसने प्रेम के कहे बिना उसका सारा सामान पैक कर दिया था और प्रेम ने पाया कि उसके ज़रूरत की हर चीज़ उसके बैग में थी। ख़ुश था प्रेम कि पूजा उसे अच्छी तरह समझने लगी थी। हाँ अब सब ठीक हो जायेगा। यही सोच उस दिन दोनों ने अपने माता-पिता से आशीर्वाद लिया और दिल्ली एयरपोर्ट के लिए टैक्सी पकड़कर रवाना होने लगे। प्रेम की मम्मी रह-रहकर पूजा को हिदायत दिये जा रही थी-

"पूजा गोवा जाकर अपना ख़याल रखना, खाने पीने में लापरवाई मत बरतना, प्रेम खाने पीने में लापरवाह है, फ़ोन करती रहना!" और पूजा हर बात पर हाँ किये जा रही थी कि प्रेम के पापा ने टोकते हुए कहा-

"अब जाने भी दो उनकी फ़्लाइट छूट जायेगी.. जा बेटा माँ की नसीहत तो ज़िन्दगी भर ख़त्म नहीं होती!" प्रेम ने अपनी घड़ी देखी, वाक़ई देर हो रही थी। उसने मम्मी-पापा से आशीर्वाद लिया और पूजा को लेकर टैक्सी मैं बैठ रवाना हो गया।

"ये मिस्टर प्रेम शर्मा और मिसेस पूजा शर्मा के लिए आख़िरी कॉल है। उनसे अनुरोध है कि वो जल्द से जल्द अपना सिक्यूरिटी चेक-इन काउंटर पर, नयी दिल्ली से गोवा जाने वाली विमान संख्या E219 के लिए गेट न. 23A की तरफ़ प्रस्थान करें।" दिल्ली हवाई अड्डे पर घोषणा हो रही थी।

दिल्ली एयरपोर्ट पर पहुँचकर प्रेम ने जल्दी से टैक्सी से सामन उतारा, उसने पाया देर हो चुकी है। उसने दो बैग ख़ुद पकड़े और एक बैग पूजा को पकड़ा दिया।

"भागो पूजा.. भागो.. जल्दी, वरना गया हमारा हनीमून, पानी में और तेज़ भागो।"

जैसे-तैसे दोनों दिल्ली एयरपोर्ट के टर्मिनल 1D पर शतुरमुर्ग की तरह

भाग रहे थे, पर वो जैसे ही सिक्यूरिटी गेट पर पहुँचे, वहाँ खड़े सी.आर.पी.एफ़. के जवान ने उन्हें अंदर जाने से मना कर दिया।

"प्लीज़ जाने दो... हमें जाने दो। हमारा हनीमून है। सब गड़बड़ हो जाएगा। प्लीज़... प्लीज़.." पूजा उस गार्ड से गिड़गिड़ा के विनती कर रही थी, पर बेचारा वो भी लाचार था। उनकी फ़्लाइट अब तक रन-वे पर चलनी शुरू हो गयी थी। वो बेचारा अदना-सा गार्ड... हवाई अड्डे का प्रोटोकॉल तो नहीं तोड़ सकता था। पसीने से लतपत वो दोनों वहीं... सिक्यूरिटी गेट पर ही गिर से पड़े, पर फिर अपने आपको सँभालते हुए और सामान को घसीटते हुए, जाकर प्रतीक्षा लाउंज में बैठ गये। वो नहीं जानते थे उन पर किसी और की भी नज़र थी। जो उनका साये की तरह पीछा कर रही थी।

पर अब प्रेम और पूजा क्या करते। ख़ैर... कुछ मिनटों बाद प्रेम उठा और पूजा से बोला, "तुम यहीं इंतज़ार करो, मैं देखता हूँ गोवा की अगली फ़्लाइट कब की मिल सकती है। चिंता ना करो, हो जाएगा..आता हूँ देखकर।" और कहकर तत्काल बुकिंग काउंटर की तरफ़ बढ़ गया और वो जैसे ही कुछ क़दम बढ़ा, दायें मुड़ा, उसे किसी ने अंदर खींच लिया। उस तरफ़ पुरुष और महिला प्रसाधन था। उसे दीवार पर दबा किसी ने उसे चूमना शुरू कर दिया।

"अरे-अरे कौन हो... कौन हो तुम... और ये क्या बतमीज़ी है। प्रेम झल्लाया।

"अच्छा.. अब मैं.. कौन हो गयी। अब दूँ मैं अपना परिचय। बोलो... दूँ?" और वो उससे दूर हटी। प्रेम देखकर चौंक गया वो नेहा थी।

"नेहा ...ये क्या है? और तुम यहाँ कैसे? तुम्हें तो मेरठ में होना चाहिए था अभी। तुम्हें सब वहाँ ढूँढ़ रहे होंगे। तुम यहाँ एयरपोर्ट पर क्या कर रही हो।" प्रेम ने नेहा से कहा।

"घर वालों के मुताबिक़ मैं इस वक़्त अपनी सहेली सीमा के घर बंगलौर में हूँ। वैसे सच्चाई ये है कि मैं गोवा की अगली फ़्लाइट से.... तुम्हारे पीछे-पीछे आ रही थी जी... जा... जी...। अब तुम चीज़ ही ऐसी हो। मुझ से रहा ही नहीं गया। तुम्हारे बिना 15 दिन कैसे काटती। चलो 15 दिन बाद तो तुम आ ही जाते, पर तब तक कैसे रहती।" नेहा ने कहा। प्रेम को इस बात का अंदाज़ा नहीं था कि नेहा इस तरह उस एयरपोर्ट पर आ जायेगी।

"यार... तुम बिल्कुल पागल हो। क्या ज़रूरत थी यहाँ आने की.. मतलब

मैं १५ दिन बाद वापस आ रहा था न! पर तुमसे इतना भी सब्र नहीं हुआ।" प्रेम नेहा पर ग़ुस्सा हो रहा था।

नेहा- "जीजा जी... अब आप ऐसा करोगे हमारे साथ। बीवी क्या मिली ... हमें भूल जाओगे।"

प्रेम- "नेहा... समझो बात को। तुमने जैसा चाहा मैंने किया था न फिर ये सब क्यूँ।" प्रेम गिड़गिड़ाने की कगार पर था कि प्रेम की अचानक आवाज़ बंद हो गयी उसके चेहरे पर दर्द के भाव उभर रहे थे। उसने दर्द भरी नज़रों से नीचे देखकर कहा, "छोड़ो नेहा दर्द हो रही है.." नेहा ने मट्ठी में प्रेम का ज़िप वाला हिस्सा ज़ोर से दबा रखा था। उसकी आँख में हल्का-सा ग़ुस्सा था, "मुझे सोचकर भी... कोफ़्त हो रही थी कि तुम दीदी के साथ मज़े करोगे और मेरी रातें वहाँ मेरठ में काली होंगी। एक काम करो इसे यहाँ छोड़ जाओ।" अपनी मट्ठी की ओर इशारा करते हुए कहा। जैसे-तैसे प्रेम ने उसकी मट्ठी ढीली की और चैन की साँस लेने लगा। नेहा ने मट्ठी ढीली करते हुए अपना फ़ैसला सुना दिया, "जीजा जी सुन लो... मैं तुम लोगों के पीछे-पीछे गोवा आ रही हूँ। तुम्हारे होटल में ही कमरा लूँगी और हर रात... या हर बार जब तुम दीदी की लोगे... तुम्हें मेरी भी लेनी पड़ेगी। प्रेम झल्लाकर बोला, "यह क्या लैंग्वेज इस्तेमाल कर रही हो लूँगा?.. लेनी पड़ेगी?..छी!" नेहा ने उससे छेड़ते हुए कहा, "चलो सभ्य भाषा में समझा देती हूँ.. जब भी आप दीदी के संग सम्भोग करेंगे आपको मेरे साथ भी करना होगा. .क्लियर है यह अंग्रेज़ी में भी समझाऊँ"। प्रेम पूजा को देख रहा था जो ग़ज़ब की थी पर बला थी.. पर उसे साथ ले जाने में ख़तरा था।

"क्या बकवास कर रही हो नेहा। तुम जानती भी हो क्या कह रही हो..." पर उसने देखे नेहा कॉन्फ़िडेंस के साथ उसे देखे जा रही थी। उसे समझाना नामुमकिन था।

"जैसा मैं कह रही हूँ... बस वैसा करो। तुम्हें तो ख़ुश होना चाहिए। दुनिया भर के सारे मर्द जो बात कहावत बोलकर ही ख़ुश होते रहते हैं.. तुम्हें तो जीने का मौक़ा मिल रहा है। घरवाली के साथ साली फ़्री। वो भी आधी-आधी नहीं... पूरी-पूरी। प्रेम को कुछ समझ में नहीं आ रहा था। वो बड़ी कशमकश में था। वो जनता था कि वो नेहा को किसी तरह भी नहीं टाल सकता था। शायद अब उसे नेहा के डर की आदत पड़ती जा रही थी।

नेहा ने उसका ध्यान तोड़ते हुए कहा- "आप एक काम करो। सबसे पहले

तो आप इंडिगो की 7:30 बजे वाली फ़्लाइट से अपना और दीदी का टिकट करवाओ। अब क्योंकि मेरी फ़्लाइट आप लोगों से जल्दी है, मैं वहाँ होटल पहुँचकर अपना कमरा आप लोगों के बग़ल में ले लूँगी और फिर आपके व्हट्स अप्प पर मैसेज कर, आगे क्या करना है बताती रहूँगी। जाओ पहले जाकर टिकट लो। मिलते हैं...गोवा में।

प्रेम... परेशान सा..तत्काल टिकट काउंटर पर पहुँचा और जैसा नेहा ने कहा था, उसी इंडिगो की फ़्लाइट में दो टिकट बुक करा, पूजा के पास पहुँच गया। पूजा... थकी हुई थी। शादी के चक्कर में वो 3-4 दिनों से सोयी नहीं थी। इसलिये प्रेम के जाते ही... लाउंज की आरामदायक गद्देनुमा कुर्सी पर लेटते ही सो गयी थी। प्रेम ने ही पहुँचकर उसे उठाया, "पूजा... पूजा...उठो... टिकट हो गयी है। अब 2 घंटे बाद है फ़्लाइट। आराम करना चाहो तो थोड़ा और कर लो। डेढ़ घंटे बाद बोर्डिंग है।" और ये कहकर प्रेम भी बग़ल वाली कुर्सी पर लेट गया। पर उसे नींद नहीं आ रही थी, उसकी तो नींद उड़ गयी थी। नेहा ने उसकी नींद के परखचे उड़ा दिये थे।

प्रेम और पूजा भी अपनी फ़्लाइट पकड़ आख़िरकार गोवा पहुँच ही गये। अद्भुत नज़ारा था गोवा का। रोमांटिक हवा, हर तरफ़ जवान जोड़े बस एक-दूसरे में खोये हुए थे। ऐसे ही गोवा को हनीमून शहर नहीं कहा जाता। टैक्सी में बैठी पूजा नज़रें चुराकर प्रेम को देख लेती, जो खिड़की के बहार अपने ख़यालों में खोया हुआ था। हवा से उसकी शर्ट फड़फड़ा रही थी, उसकी छाती के हल्के-हल्के बाल पूजा को उसकी आने वाली पहली रात के सपने बुनने के लिए मजबूर कर रही थी। पूजा अपने ही ख़यालों से गुदगुदा उठी। बस कुछ पलों की तो देरी है पूजा प्रेम के इस सुडोल शरीर की गर्मी महसूस कर रही होगी, ख़ुद को ही समझाते हुए मन ही मन मुस्कुरा दी।

रात 9 बजे के क़रीब उन्होंने चेक-इन किया। अच्छा स्वागत हुआ था उनका उस मून लाइट होटल में। वो गोवा पहली बार आयी थी इस चमचमाते होटल में। वो बस आराम कुर्सी पर बैठकर कमरे में जाने का इंतज़ार कर रही थी और प्रेम एक ज़िम्मेदार पति की तरह बाक़ी की औपचारिकता पूरी कर रहा था। पूजा की नज़रें प्रेम से हट नहीं रहीं थी। उसका उतावलापन उसके चेहरे पर साफ़ छलक रहा था। उसका ध्यान तब टूटा जब वेटर ने उसे वेलकम ड्रिंक ला कर दिया। तभी प्रेम ने आवाज़ लगायी, "चलो पूजा रूम की चाभी मिल गयी

है।" प्रेम की आवाज़ सुनते ही पूजा किसी चाभी वाली गुड़िया की तरह उसके पीछे चल दी। क्या प्रेम उसे कमरे में घुसते ही दबोच लेगा? या खाने का आर्डर करेगा? लिफ़्ट में खड़े-खड़े उसके मन में ऐसे कई सवाल एक साथ दौड़ गये और पूजा ख़ुद ही शर्मा गयी। आज तक किसी मर्द के प्रति ऐसे ख़याल नहीं आये थे उसके मन में, पर इसमें ग़लत ही क्या है.. आख़िर प्रेम पति है उसका। बस उसने सोच लिया जैसा प्रेम चाहेगा वो वैसा ही करेगी। वो तो ख़ुद को प्रेम को समर्पित करके जीवन का असीम सुख प्राप्त करना चाहती है। आख़िर वो भी तो यही सब कुछ सोच रहा होगा। आख़िर इतनी सुंदर पत्नी है उसकी। पर दूसरी तरफ़ प्रेम के मन में कुछ और ही चल रहा था। कमरे में जाते ही प्रेम की घबराहट बढ़ने लगी। यहीं-कहीं बग़ल के कमरे में नेहा होगी कि पूजा ने उसका ध्यान तोड़ा-

"आपको नहाना है प्रेम?" प्रेम ने देखा पूजा ख़ुद को शीशे में निहारकर अपने गहने उतार रही थी। इसी दौरान उसकी साड़ी का पल्लू ख़ुद-बा-ख़ुद उसकी पीठ से खिसक गया, जिसे पूजा ने ठीक करने की कोशिश नहीं की। शायद वो चाहती थी कि प्रेम उसकी ख़ूबसूरती के उतार-चढ़ाव को देखकर उत्तेजना के सफ़र पर चल पड़े और हुआ भी ऐसा, पूजा के गोये बदन के उतार-चढ़ाव को देखकर प्रेम एक पल के लिए नेहा को भूल गया। इतनी सुंदर थी पूजा। मोर पंखी साड़ी, डीप नैक वाला छोटा-सा ब्लाउज़। जो उसकी पतली लम्बी कमर पर नाम भर के लिए था। उसे पूजा को इतने क़रीब से देखने का मौक़ा कई दिनों बाद मिला था। वो कुछ तय कर पाता कि पूजा ने अपनी साड़ी उतार दी। अब वो सिर्फ़ पेटीकोट और ब्लाउज़ में थी। उसने झुक कर अपनी अटेची खोली और उसमें से अपनी नाइट ड्रेस निकलने लगी। झुकते ही पूजा के गोरे वक्ष बहार झाँकने लगे, प्रेम ने देखा कि पूजा के वक्ष बाहर आने को उतारू हैं, उसे निमंत्रण दे रहे हैं कि अचानक पूजा को इस बात का एहसास हुआ, उसने अपने हाथ से अपनी छाती को ढँक लिया और अपनी नाइट ड्रेस निकाल ली। उसके हाथ में अंडर गारमेंट्स नहीं थे। वो नहाकर सिर्फ़ नाइट ड्रेस ही पहनने वाली थी। प्रेम की नज़रों ने एक पल में पूजा का दिमाग़ पढ़ लिया था और पूजा भी समझ गयी थी कि प्रेम क्या सोच रहा था। उसने मुस्कुराकर इतना कहा, "मैं बस दो मिनट मैं आयी" और कहकर बाथरूम की लाइट जलाकर अंदर चली गयी।

प्रेम ने देखा डीप बैक ब्लाउज़ में उसका बदन और ख़ूबसूरत लग रहा था। बस कुछ ही पलों में यह उसकी बाँहों में होगा, वो जानता था। दरवाज़ा बंद करते

हुए पूजा ने उसे आख़िरी बार देखा। दरवाज़ा बंद होते ही। प्रेम अपने मोबाइल की ओर लपका पर उस पर नेहा का कोई मैसेज नहीं था। नेहा पहुँची भी है या उसे सिर्फ़ डरा रही थी। शायद वो बंगलौर ही चली गयी होगी कि अचानक उसे बाथरूम से पूजा के गुनगुनाने की आवाज़ आने लगी। उसने बाथरूम के दरवाज़े पर कान लगा कि सुना बहते फ़व्वारे की धुन में पूजा कोई रोमांटिक गीत गुनगुना रही थी। बग़ल में ही एक पर्दा लगा था, उसने पर्दा हटाकर देखा एक धुंधला-सा पारदर्शी शीशा था जहाँ से पूजा नहाते हुए दिख रही थी। हाँ हनीमून स्वीट में ऐसे शीशे लगे होते हैं। प्रेम ने देखा कि पूजा के बदन पर एक भी कपड़ा नहीं था, सिर्फ़ हाथ में लाल चूड़ा, गले में मंगलसूत्र और पाँव में पायल। फ़व्वारे से टपकती तेज़ पानी की फ़ुहार उसके बदन को नहला रही थी। नये महँगे शैम्पू का इस्तेमाल कर रही थी पूजा, जिसकी महक बाहर तक आ रही थी। प्रेम की उत्तेजना बढ़ने लगी थी। वो अपनी जीन्स में उभार महसूस कर रहा था।

अचानक फ़व्वारा बंद हो गया और फिर बाथरूम का दरवाज़ा खुलने की आवाज़ आयी। प्रेम बिस्तर की ओर गया, वो फिर से एक बार सुनिचित कर लेना चाहता था कि नेहा का कोई मैसेज तो नहीं है कि पूजा के गोरे हाथों ने उससे उसका मोबाइल छीनकर बैड पे फेंक दिया। प्रेम देख के दंग रह गया। पारदर्शी सफ़ेद रंग का ब्लाउज़ जो पूजा के गोरे कंधों से नीचे लटक रहा था। ऐसा लग रहा था कि वो बस पूजा के वक्ष बिन्दुओं के सहारे ही अटका हुआ है और नीचे हल्के लाल रंग की प्रिंटेड छोटी-सी स्कर्ट। ऐसा लग तरह था किसी चित्रकार ने उत्तेजित करने वाली तस्वीर कैनवास पर उतार दी हो। उस लिबास में पूजा का शरीर की बनावट साफ़ दिख रही थी। बदन पर ज़रा-सी चर्बी नहीं, एक दम दमकता हुआ बदन, अक्सर २२ साल की लड़की का होता है।

पूजा ने सर झुकाकर ख़ुद को प्रेम की नज़रों के हवाले कर दिया। प्रेम अब सर से लेकर पाँव तक पूजा को निहार रहा था। पूजा के बाल अभी गीले थे, जिनसे पानी की बूँदें पूजा के बदन पर गिर रही थीं। पूजा ने प्रेम की नज़रों को पढ़ लिया था जो उसके बदन में गड़ी जा रही थीं। प्रेम का हौसला और बढ़ाने के लिए उसने अपनी बाज़ू ऊपर उठा ली ताकि प्रेम उसके हुस्न का दीदार अच्छी तरह से कर सके। प्रेम ने धीरे से हाथ बढ़ाकर उसके छोटे से ब्लाउज़ को उसके काँधे से नीचे खिसका दिया। उसके हाथ पूजा के वक्षों पर लहराने लगे। इतना मुलायम था पूजा का बदन कि प्रेम सब कुछ भूलने लगा।

प्रेम की साँसें बढ़ने लगीं, वो उत्तजित हो उठा। उसने अपने हाथ पूजा की कमर में घूमा दिये। पूजा इसी पल का इंतज़ार तो कर रही थी। प्रेम के सख़्त हाथों का स्पर्श पाकर उसने अपने बदन को प्रेम के हवाले कर दिया। उसने धीरे-धीरे प्रेम की शर्ट के बटन खोल दिये। वही सख़्त गरम छाती प्रेम की और उस पर काले बालों के रुएँ। इसी की कल्पना तो पूजा रास्ते भर करती आ रही थी और उसका ख़याल अब हकीकत बनके उसके सामने था। वक़्त न बर्बाद करते हुए उसने अपनी सारी शर्म को भुला दिया और अपने नग्न वक्षों को प्रेम के बदन में लगभग गाड़ दिया। वो प्रेम के बदन की गर्मी को महसूस करना चाहती थी। प्रेम की साँसें भी अब बढ़ने लगी थीं उसका सब्र अब ज्वालामुखी बन चुका था। उसने देखा कि पूजा आँख बंद करके ख़ुद को उसके हवाले कर चुकी है अब बारी प्रेम की थी। उसने पूजा को गोद में उठाया और बैड पर ले जाकर बैठ गया। वो अपने होंट पूजा के नज़दीक ले जाकर उससे चूमने को ही था कि अचानक! अचानक! पूजा उसकी बाँहों में बेहोश हो गयी। उसका निर्जीव-सा नग्न शरीर उसके सामने पड़ा था। प्रेम घबरा गया, "पूजा? पूजा?" उसने पूजा को हिलाने की कोशिश की पर पूजा अब निढाल थी, उसकी दोनों बाज़ुएँ नीचे की ओर लटक रही थीं। प्रेम ने निर्वस्त्र पूजा को अपनी बाँहों में उठाकर बिस्तर पर लेटाया।

"पूजा उठो आँखें खोलो, पूजा।" उसके गाल हिला रहा था वो। वो घबराने लगा के वो क्या करे! किसे फ़ोन करे! पूजा ने तो अभी कपड़े भी नहीं पहने हुए थे कि अचानक उसके मोबाइल पर टूं करके एक मैसेज आया। उसने जैसे-तैसे, डरते-डराते व्हट्स एप्प खोला और फिर क्या था नेहा के मैसेजों की क़तार सी लग गयी। टूँ... टूँ... टूँ... बस बजती ही रही। झटपट उसने फ़ोन को म्यूट किया और खोलकर पढ़ने लगा-

"आ गये जीजा जी... स्वागत है आपका... गोवा में। क्यूँ फ़ोन पर व्हट्स एप्प खोलकर मेरे मैसेज का इंतज़ार कर रहे थे। बस मेरे दिल तक ये बात पहुँची और मैंने इतने सारे भेज दिए। अब ख़ुश हो।

"आ जाओ... बग़ल वाला कमरा ही लिया है, ३२२।" प्रेम घबरा रहा था। उसने झट से नेहा को फ़ोन लगाया, "नेहा तुम्हारी दीदी.." बीच में ही उसकी बात काटकर नेहा ने कहा, "जानती हूँ बेहोश हो गयी हैं, दीदी की चिंता ना करो। मैंने वेलकम ड्रिंक में उनके वाले गिलास में नींद की दवा मिलवा दी थी। वेटर ने भी बख़ूबी काम किया है। बस मुझे डर था कि कहीं वो गिलास आप ना पी लो। आ

जाओ... दीदी तो रात भर के लिए गयी... स्वप्न लोक में। अब हम भी तो समय बिता लें।" प्रेम ने फ़ोन नीचे करते हुए देखा कि पूजा वाक़ई गहरी नींद में सो रही थी। उसने जैसे-तैसे उसके बदन पर उसके कपड़ों को फँसाकर बिस्तर पर लेटा दिया। पूजा ग़ज़ब की ख़ूबसूरत लग रही थी। ऐसा लग रहा था कि काँधे से उसका छोटा-सा क्रीम कलर का ब्लाउज़ बस अब उसके बदन का साथ छोड़ने की कगार पर था। वक्ष बिंदु अपना दीदार देने को तैयार थे। बस प्रेम को हिम्मत करनी थी। अगर वो बेहोश न होती तो अबतक कि अचानक उसमें मोबाइल में फिर से टूं-टूं की आवाज़ आयी। इस बार मोबाइल पर नेहा की कुछ तस्वीरें थीं ऐसी तस्वीरें जिन्हें देखकर उससे एक पल के लिए भी कमरे में रुका नहीं गया। उसने पूजा के बदन को चादर से ढँका और चुपचाप दबे पाँव, अपने कमरे से निकला और बग़ल वाले कमरे में जाकर दस्तक देने लगा। पहली ही दस्तक में दरवाज़ा खुल गया और खुलते ही... उसने जो देखा उसके बाद तो बस... उसके होश ही उड़ गये। नेहा ने बिल्कुल वैसा ही पारदर्शी सा गाउन पहन रखा था जैसा पूजा ने पहना था। नेहा भी अपनी बहन पूजा से कहीं कम नहीं थी। हाँ उसके वक्षों के उभार पूजा से थोड़े कम थे पर तने हुए। प्रेम की हैरानी को समझते हुए नेहा दरवाज़ा बंद करते हुए मुस्कुरायी और बैड पर जाकर बैठ गयी।

"मैंने दीदी के साथ शौपिंग की थी। उन्होंने जो कपड़े पहने थे मेरी ही पसंद के थी। मैंने ही उन्हें सिखाया था कि नाइटी के अंदर अंडर गारमेंट्स नहीं पहनते। प्रेम हैरान था, उसका सामने नेहा के रूप में बहुत बड़ी खिलाड़ी थी। फिर क्या जैसे ही पहला क़दम प्रेम ने कमरे में बढ़ाया, नेहा ने उस पारदर्शी ब्लाउज़ के धागे खोल दिए और प्रेम के सामने आँख बंद करके बैठ गयी। उसने जानबूझ कर अपने वक्षों को और तान दिया जिससे उसके बदन का मख़मली ब्लाउज़ हार मानने लगा था। नेहा के वक्ष बिंदु अब उसके ब्लाउज़ से झाँक रहे थे और प्रेम के लिए मानो ये उस क्रीडा की दूसरी कड़ी थी जो अभी-अभी पूजा के संग खेल कर आया था।

प्रेम काँप -सा रहा था और हिम्मत जुटाते हुए उसने नेहा के बदन के उस हल्के से कपड़े को समेटकर उसे ढँकने की कोशिश की, पर सब व्यर्थ था। नेहा उस समय बिल्कुल वहशीपन से ग्रस्त थी और उसने प्रेम की शर्ट के बटन खोलना दूर, शर्ट फाड़ ही दी... शर्ट के बटन.. इधर-उधर कमरे में जा गिरे। नेहा ने प्रेम को बैड पर ज़ोर से धक्का दिया और उस पर किसी भूखी शेरनी की तरह

बरस पड़ी। किसी वहशी जानवर की तरह आवाज़ें निकलने लगी। प्रेम जो पहले से अपने कमरे से उत्तेजित आया था उसने भी नेहा के इस वहशीपन का स्वागत उसी स्वर में किया। उसने नेहा के दोनों हाथ ज़ोर से बिस्तर पर दबा दिये जिससे उसके बदन से सारे कपड़े हट गये। प्रेम की आँखों में उत्तेजना भरा क्रोध था। वो लम्बी-लम्बी साँसें लेकर नेहा के भरे हुए बदन को देख रहा था और नेहा मुस्कुरा रही थी। यही तो चाहती थी, उसने अपने दोनों हाथ छुड़वाकर प्रेम की पीठ में गाड़ दिए। प्रेम की नज़रों से लग रहा था कि सागर मंथन शुरू हो चुका है और फिर जो उसके बाद हुआ.. उसके गवाह सिर्फ़ वो दोनों ही थे।

रात को नेहा और प्रेम वहीं थक कर सो गये। अचानक बीच रात के प्रेम की नींद खुली उसने देखा कि नेहा निर्वस्त्र उसके बग़ल में सो रही थी। उसने जल्दी से अपने कपड़े पहने और देखा कि नेहा कैसे निडर होकर बैड पर ऐसे पड़ी है मानो, उसे किसी बात की फ़िक्र ही न हो। नेहा का गोरा बदन ही तो था जो प्रेम की कमज़ोरी बना हुआ था। अगर नेहा उसे पहले मिल गयी होती तो शायद वो उसी से शादी करता पर अब तो पूजा उसकी पत्नी थी। उसने एक बार नेहा को आँख भर के देखा और निकल गया।

प्रेम अपने कमरे में चुपचाप आ गया, उसने देखा पूजा उसी मुद्रा में सो रही है जैसे वो उसे छोड़कर गया था। उसने अपना ब्लाउज़ भी ठीक नहीं किया था। हर तरफ़ से उसका अंग झाँक था था। मानो इसी इंतज़ार में थी केकि ना जाने कब प्रेम आ जाये और उसे प्यार करे। उसके चेहरे के नूर साफ़ बता रहा था कि वो सोते हुए भी प्रेम को निराश नहीं करना चाहती थी। प्रेम ये बात समझ रहा था कि सोये हुए भी पूजा उसके लिए तैयार थी, पर प्रेम को तो नेहा ने निचोड़ कर भेजा था। फ़िलहाल पूजा को देने के लिए उसके पास कुछ भी नहीं था। लिहाज़ा वो वहाँ एक कुर्सी पर बैठ गया। बस इसी सोच में था कि आया तो था वो अपनी पत्नी पूजा के संग हनीमून मानाने पर बग़ल के कमरे में उसने वो काम अपनी साली के साथ कर लिया और किसी को यह बात पता नहीं। पर वो नहीं जानता था कि उसके इस कांड का गवाह कोई तीसरा भी है।

प्रेम अब डर सा गया था कि ये कब तक और कैसे चलेगा? क्योंकि यह तो अभी शुरूआत थी। वो अपने हनीमून की रात एक ऐसी चिंगारी को जन्म दे आया था जो बुझेगी नहीं बल्कि जंगल में आग की तरह फैलेगी। नेहा का ख़याल आते ही कपकपी सी छूट रही थी प्रेम की। उसने २-३ व्हिस्की के पैग

लगाये और सोने की कोशिश करने लगा। नींद तो उसे फिर भी तुरंत नहीं आयी पर बड़ी जद्दोजहद के बाद वो आख़िरकार सो गया।

अगले दिन सुबह.. उसकी नींद सूरज की रौशनी से खुली। जब पूजा ने होटल बैडरूम में लगे हुए पर्दे को हटाया... तो सूरज की रौशनी पर्दों की छाती को चीरते हुए... सीधा प्रेम पर जा के गिरी। बस फिर असुविधाजनक स्थिति में उसे उठना ही पड़ गया। उसने देखा कि पूजा चाय बना रही है। प्रेम के मन में अनेक सवाल चल रहे थे, "क्या पूजा को पता चला कि रात भर वो कमरे में नहीं था? अगर उसने पूछ लिया कि उसे रात को क्या हुआ था तो वो क्या जवाब देगा!" वो इसी उधेड़बुन में गुम अपने अंदर इन सवालों के जवाब खोज रहा था जैसे कि इंटरव्यू से पहले कैंडिडेट अपने मन में हर संभव प्रश्न के उत्तर तैयार करता है कि पूजा ने उसे चाय का कप पकड़ते हुए कहा-

"कल जो हुआ उसके लिए मैं बहुत शर्मिंदा हूँ। इतना सुनते ही प्रेम के हाथ से चाय का कप फिसलने ही वाला था।

"मतलब.. क्या हुआ कल रात..मैं समझा नहीं.." पूजा ने शर्माते हुए कहा- "हम हनीमून पे आये और मैं सो गयी।" प्रेम की जान में जान आयी, उसने पूजा के हाथ पकड़ते हुए कहा, "कोई बात नहीं, अब तक शादी के झंझटों में नींद ही कहाँ मिली है।.. मैं भी बस सो ही गया था... तुम रेडी हो जाओ, नाश्ता १० बजे तक ही है ।" कहकर वो बाथरूम में चला गया। प्रेम का यह व्यवहार पूजा को अजीब नहीं लगा, बल्कि तो उसे यह लगा कि वो पिछली रात प्रेम की उम्मीदों पर खरी नहीं उतरी, पर वो आज रात यह कमी पूरी कर देगी।

होटल के रेस्टोरेंट में अभी वो नाश्ता कर ही रहे थे कि प्रेम के फ़ोन पर एक टूं सी आवाज़ आयी। शायद मैसेज था। उसने फ़ोन को नीचे रख पढ़ने की कोशिश की। लिखा हुआ था, "एक घंटे में मैं तुम्हारा अपने कमरे के बाथरूम में इंतज़ार करती मिलूँगी, एक साथ नहायेंगे, अपनी बीवी को कैसे बहलाते हो ..तुम देखो।" प्रेम का दिमाग ख़राब हो रहा था। साफ़ दिखायी दे रह था, उसका चेहरा लाल हो गया था। ख़ैर फिर अपने आपको सामान्य करते हुए वो बोला, चलो कहीं बाहर घूमने चलें, बीच पर चलें?" पर पूजा का कुछ और ही मूड था। सुहागरात अब तक उन्होंने मनायी नहीं थी। चार दिन हो चुके थे शादी को। उसके अंदर की आग भी उबाल मार रही थी। उसने प्रेम से कहा, "एक काम करतें हैं, बीच पर कल चलते हैं... सुबह-सुबह। आज अपने कमरे में ही वक़्त

गुज़ारते हैं। अभी तो पूरा समय है अपने पास।" मुस्कुराते हुए शरारत भरे स्वर में उसने कहा। प्रेम को कुछ समझ में नहीं आ रहा था। वो उसे इस होटल से कहीं दूर ले जाना चाह रहा था।

"कमरे में जाने के लिए तो रात पड़ी है... और फिर में यहाँ समुंदर के किनारे सन सेट से पहले तुम्हारी तस्वीरें लेना चाहता हूँ न!" प्रेम ने टालते हुए कहा। पूजा समझ गयी और मुस्कुराते हुए उसने हामी भर दी। "ठीक है मैं चेंज करके आयी।" कहकर वो रूम की तरफ़ निकल गयी।

नेहा की एक घंटे की धमकी के बारे में प्रेम सोच-सोच पागल हुए जा रहा था कि ये लड़की अब क्या करने वाली है।

प्रेम और पूजा ने पूरा दिन, बीच पर गुज़ारा तस्वीरें खींचते। प्रेम ने अपने और पूजा के फ़ोन को भी फ़्लाइट मोड पर डाल दिया था। उन दोनों ने ख़ूब अच्छा वक़्त गुज़ारा और फिर शाम को नहा-धो, स्विमिंग पूल के किनारे बैठ गये। पूजा ख़ुश थी। वैसे ऐसे लम्हे भी एक नवविवाहित जोड़े के लिए ज़रूरी हैं। हम-बदन होने की प्यास को जागते हैं। पर कोई इन दोनों को दूर नवीं मंज़िल से दूरबीन द्वारा देख रहा था। वो ख़ूब हँस रहे थे..एक-दूसरे के साथ ख़ूब मज़ाक़ कर रहे थे.. छेड़ रहे थे। अब तक भी प्रेम ने अपना फ़ोन चालू नहीं किया था, पर पूजा ने फ़ोन को सामान्य मोड पर कर लिया था। ऑन करते ही सबसे पहला मैसेज नेहा का ही था। नेहा का मैसेज पढ़कर मन ही मन मुस्कुराने लगी। प्रेम ने पूछ ही लिया किसका मैसेज देख के इतना हँस रही हो।"

पूजा ने तापाक से कहा, "आपकी साली का मैसेज है आप के लिए।" पूजा प्रेम को छेड़ते हुए बोली। प्रेम चौंक सा गया और बोला, "क्या... नेहा का मैसेज?" और फिर कहीं पूजा को कोई शक ना हो जाये, ये ध्यान में रखते हुए बहुत ही सरलता से बोला, "क्या कह रही है... हमारी एकलौती साली साहिबा.."

"अरे कुछ नहीं बस मजे ले रही है। कह रही है जीजाजी का इंतज़ार कर रही हूँ उन्हें यह मैसेज दे देना ।"पूजा हँसते हुए बोली।

"अच्छा मैं ज़रा वॉशरूम से होकर आयी।" बोलते हुए पूजा उठी और चली गयी।

प्रेम के पसीने छूटने लगे थे। मौसम सुहाना सा था, पर फिर भी प्रेम के पसीने छूट रहे थे और फिर बड़ी हिम्मत करते हुए, उसने अपना फ़ोन चालू किया और चालू करते ही उसे म्यूट पर डाल दिया। उसको पूरी उम्मीद थी कि फ़ोन

चालू करते ही मैसेजेस की लड़ी लग जाएगी और बिल्कुल वैसा ही हुआ। 310 मैसेज थे, प्रेम के मोबाइल पर। ये देख प्रेम का दिमाग ख़राब हो गया और उन 310 मैसज्स में 290 नेहा के ही थे। प्रेम की हिम्मत ही नहीं हो रही थी उन्हें पढ़ने की, पर जैसे ही उसने पढ़ना शुरू किया, तरतराते हुए उसके पसीने छूटने लगे। उसके कपड़े का कोई एक हिस्सा नहीं बचा था, जहाँ से पसीना ना छूट रहा हो, बिल्कुल तर हो चुका था वो। सब बातों में जो सबसे ख़तरनाक बात जो थी वो थी कि उसके पास प्रेम के कल रात की रासलीला की पूरी वीडियो थी। जिसमें कहीं पर भी नेहा नहीं दिख रही है और प्रेम पूरी तरह से छाया हुआ है। सैंपल के लिए उसने एक मिनट की एक वीडियो प्रेम की ईमेल आई.डी. पर भेजी है, ऐसा लिखा था। बस फिर क्या था उसने फ़टाफ़ट ईमेल खोल के वीडियो डाउनलोड की और जैसे ही वो डाउनलोड हुई... उसे देख... उसे बहुत ग़ुस्सा आया... वो कोई पोर्न वीडियो थी, कहीं इन्टरनेट से डाउनलोड की हुई और जैसे ही वो ख़त्म हुई, एक और मैसेज आया प्रेम के मोबाइल पर, "देख ली, वीडियो। ये तो एक मज़ाक़ था। वैसे कैसा लगा हीरो इस वीडियो का, पर अगली वीडियो में हीरो कोई और नहीं, आप होंगे जीजा जी, अगर आप ने जैसा मैं कह रही हूँ, वैसा नहीं किया। पूरी पिक्चर है मेरे पास, याद रहे आप कल रात मेरे साथ 4 घन्टे खेल के गये हो। हर एंगल से शॉट लिये हुए हैं और बहुत बड़ी फ़ुटेज है, एक-डेढ़ घंटे की सुपरहिट फ़िल्म निकल सकती है और मैं सिर्फ़ तुम्हें नहीं, पूरी दुनिया को दिखाऊँगी, अगर तुमने मेरी बात नहीं मानी।" प्रेम ने लिखा, "अच्छा बताओ, क्या करना है।"

"ये हुई ना बात, जीजा जी। अच्छा चलो, एक काम करो, दीदी के साथ थोड़ा समय बिताकर, उन्हें रात का खाना-वाना खिलाकर, सुलाकर आ जाओ। मालूम है ना कहाँ आना है, भूले तो नहीं ना। रूम नंबर ३२२"

"ठीक है... आता हूँ।" प्रेम ने लिखा ही था कि पूजा आ गयी। "चले.. अब अंदर। कुछ खा पी लें और फिर सोते हैं।" बोलते हुए.. उसने प्रेम को एक आँख मारी और उठने लगी। प्रेम भी उठ लिया और साथ उसके कमरे में चला गया।

वो लोग खाना खा के कमरे में पहुँच गये थे। पूजा समझ रही थी कि प्रेम को उसे प्यार करने की जल्दी होगी। वो उसके सामने अपनी साड़ी उतरने लगी के प्रेम ने मुँह फेर लिया। पूजा ने मुस्कुराते हुए कहा, "जाने दीजिये आज यह काम आपको सौंपते हैं!" इतना कहकर उसने प्रेम के गले में अपनी बाहें डाल

दीं। पूजा का दमकता हुआ चेहरा एक दम उसके चेहरे के नज़दीक था और चेहरे पर बिखरी एक उम्मीद भरी मुस्कान। पूजा शायद उम्मीद में थी कि प्रेम अपने होंट उसके होंटों पर रख देगा, पर प्रेम का ध्यान तो उसके फ़ोन पर था जिसमें नेहा की ख़तरनाक धमकी थी। अचानक उसने पाया कि पूजा उबासी लेने लगी है।" अचानक बहुत नींद आ रही है, सर भी भारी सा हो रहा है! आपको थकान महसूस नहीं हो रही?" बिस्तर पर बैठते हुए उसने प्रेम से पूछ लिया। प्रेम समझ गया था कि नेहा फिर से कोई ख़तरनाक खेल खेल गयी है।

"आ तुम सो जाओ अगर नींद आ रही है तो!" पूजा ने मुस्कुराते हुए प्रेम को दीवार की ओर खींच लिया।

"नहीं आज आपको निराश करके नहीं सोऊँगी, आख़िर बिहाकर लाये हो मुझे, पत्नी हूँ आपकी।" इतना कहते ही वो बिस्तर पे जाकर लेट गयी। बिस्तर पर लेटते ही मुस्कुराते हुए उसने अपने ऊपर चादर खींच ली। प्रेम उसे देखे जा रहा था। पूजा अब भी मुस्कुरा रही थी और चादर के अंदर कोई हरकत कर रही थी। यह क्या? देखते-देखते उसने अपने बदन के सारे कपड़े उतारकर ज़मीन पर फेंक दिए। प्रेम कल्पना कर पा रहा था कि चादर के अंदर पूजा निर्वस्त्र थी। सही तो थी पूजा, पत्नी थी उसकी। उसके प्यार पर उसका हक़ पहला था और शायद आख़िरी भी। वो अपने गिल्ट को दबाना चाहता था। लिहाज़ा उसने अपनी टीशर्ट निकाल दी। पूजा ने देखा हल्के हल्के बालों के रूएँ से थे प्रेम के बदन पर जो उसे अपनी ओर आकर्षित कर रहे थे। पूजा ने धीरे से प्रेम का हाथ पकड़कर चादर को अंदर खींच लिया। चादर के भीतर प्रवेश करते ही प्रेम पूजा के बदन की गर्मी महसूस करने लगा। हाँ उसकी कल्पना अनुसार वो निर्वस्त्र थी। प्रेम ने पाया कि पूजा ने उसकी हथेली अपने वक्षों पर रख दी है और उसके हाथों पर हाथ रखकर उन्हें दबाने की इजाज़त दे रही थी। कितने सख़्त हैं पूजा के वक्ष और वक्ष बिंदु जो अब तन चुके थे। प्रेम समझ गया था कि पूजा अब उत्तेजित हो चुकी है। पूजा प्रेम की हथेली पकड़कर अपना बायाँ वक्ष मसलती तो कभी दायाँ। प्रेम की उँगलियाँ न जाने उसका साथ छोड़कर कब और कैसे पूजा के वक्ष बिन्दुओं से खेलने लगीं। बेशक वो कुछ देख नहीं पा रहा था परन्तु कल्पना ज़रूर कर पा रहा था। जैसे-जैसे उसकी उँगलियाँ पूजा के वक्ष बिंदु दबाये जा रहे थे वो और सख़्त हो रहे थे। उत्तेजना से पूजा की आँखें बंद थीं। प्रेम को पता ही नहीं चला कि कब उसका हाथ पूजा के पेट के नीचे चला गया। जहाँ

एक अद्भुत गरम तरल पदार्थ को महसूस किया प्रेम ने। पूजा को न जाने क्या हुआ उसने प्रेम की उँगलियाँ वहीं रोक दीं। वो अपनी तुलना एक ऐसी भूमि से कर रही थी जिसमें जल तो अपार भरा है पर उस जल से प्यास बुझाने वाला कोई नहीं। बस पूजा तो चाह रही थी कि प्रेम अपनी उँगलियों से उसकी भूमि में किसी कुदाल की तरह चलता जाये और प्रेम पूजा की बंद आँखों से भाँप चुका था कि शादी के इतने दिनों बाद भी उसने आज तक पूजा को तृप्त नहीं किया था। बस उतेज्जित करके छोड़ देता था, तड़पने के लिए, पर आज वो पूजा की प्यास बुझाकर रहेगा। हक़ है पूजा का! आख़िर पत्नी है उसकी! वो जनता था कि पूजा को उसकी ज़रूरत है और उसका धर्म उसे निराश करने की इजाज़त नहीं देता। लिहाज़ा उसने भी अपनी पेंट उतार दी और पूजा के संग चादर के अंदर सिमट गया और पूजा को कसकर अपनी बाहों में भर लिया। अब पूजा भी उसके बदन की गर्मी को अपने बदन में महसूस कर रही थी। प्रेम भी अब मदहोश होने लगा था। पूजा को न जाने क्या हुआ उसने प्रेम के सर के पीछे हाथ रखकर ज़ोर से अपनी ओर दबाया और अपने होंट प्रेम के होंटों के हवाले कर दिये। अब प्रेम के दिमाग़ से नेहा का डर जा चुका था। उसका फ़ोन बार-बार बज रहा था। वो जानता था यह नेहा ही होगी। पर बिना देखे उसने अपने फ़ोन को ऑफ़ कर दिया। अब उसके सामने उसकी पत्नी पूजा थी। इतनी ख़ूबसूरत। इतना कोमल बदन। पूजा अब इस प्यार का चरम सुख पाना चाहती थी जो उसे उसके पति से मिलना था। बस अब वो वक़्त बर्बाद नहीं करना चाहती थी उसने प्रेम को अपने ऊपर खींच लिया। प्रेम का सारा भार वो अपने बदन पर ले चुकी थी। उसने प्रेम की सख़्ती को अपनी जाँघों के बीच महसूस करना शुरू कर दिया था जो पूजा के द्वार पर दस्तक दे रहा था और उसने चरम सुख की लालसा में अपनी टाँगें फैला दीं। बस इसी घड़ी का इंतज़ार तो हर प्रेमी को होता है जो अब पूजा भोगने वाली थी कि अचानक! अचानक! दरवाज़े पर ज़ोर-ज़ोर से दस्तक होने लगी। दोनों डर गये। प्रेम ने ख़ुद को सँभालते हुए वहीं से आवाज़ लगायी, "कौन है?" पर किसी ने जवाब नहीं दिया दस्तक जारी थी। प्रेम की नज़रें एक पल के लिए पूजा से मिलीं जिसका चेहरा एक दम उसके क़रीब था। उसके होंटों से लिपस्टिक बिखरकर उसका गालों पर अपनी पहचान बना चुकी थी। पूजा भी इस बेवक़्त की दस्तक से हैरान थी। प्रेम के चेहरे पे डर के भाव दिखने लगे, कहीं यह नेहा तो नहीं थी। ठक! ठक ! की आवाज़ उसके कानों में पड़ रही थी।

उसकी बाँहों में पूजा ने इशारे से कहा कि जाके देखो और ख़ुद अपनी नाइटी उठा कर बाथरूम में भाग गयी।

अपनी पैंट ठीक करते हुए वो दरवाज़े तक पहुँचा उसने फिर आवाज़ लगायी, "कौन है?" इस बार बाहर से एक लड़की की आवाज़ आयी, "हाउस कीपिंग.." आवाज़ परिचित थी। प्रेम डर गया, उसने जैसे ही दरवाज़ा खोला उसके होश उड़ गये। सामने नेहा ही थी। नेहा ने अंदर झाँक कर देखा तो बिस्तर पर उसे पूजा का ब्लाउज़ और ब्रा दिखी उसने देखा के प्रेम की पैंट में अभी भी उभार था। प्रेम घबरा गया। नेहा ने उसे घूरते हुए फुसफुसाते हुए कहा, अगले पाँच मिनट में तुम मेरे कमरे में होने चाहिए!" और कहकर निकल गयी। प्रेम के होश उड़ चुके थे। उसने पलटकर देखा पूजा नाइटी पहनकर मुँह साफ़ करके बाहर आ गयी है। "कौन था?" उसने हैरानी से पूछ लिया। प्रेम ने बात को टालते हुए कहा, "कोई नहीं.. हाउस कीपिंग।"

नेहा बिस्तर पर बैठ गयी, "हमारी प्राइवेसी भी कोई चीज़ है कि नहीं कभी भी आ जाते हैं!"

प्रेम- "आ तुम सो जाओ, मैं ज़रा इनकी ख़बर लेकर आता हूँ!"

पूजा- "अब जाने भी दो न!" उसने हाथ उठाते हुए प्रेम से कहा मानो कहना चाहती हो कि जो काम अधूरा छोड़ा है उसे पूरा कर लो।

प्रेम- "पैसे दिए हैं हमने, यह फिर दोबारा आ सकते हैं, तुम आराम करो मैं आता हूँ!" इतना कहकर वो जाने को था कि पलटकर पूजा के पास आया। पूजा ने उसकी आँख में आँख डालकर पूछा, "क्या?" प्रेम ने उसका माथा चूमा- आई लव यू.."

"आयी लव यू टू.." प्रेम के हाथ चूमकर पूजा ने कह डाला।

प्रेम- "मैं दूसरी चाबी लेजा रहा.. दरवाज़ा खोल के आ जाऊँगा.. तुम सो जाओ।" मुस्कुराकर वो वहाँ से चला गया और पूजा प्रेम के साथ बिताये वक़्त से विभोर चादर में सिमटी उन पलों को याद करके मुस्कुराने लगी थी।

प्रेम अभी बग़ल वाले कमरे के दरवाज़े न. ३२० पर पहुँचा ही था कि दरवाज़ा खुल गया और नेहा ने प्रेम को अंदर खींच लिया, पर आज, कल जैसा माहौल नहीं था। बल्कि टी.वी. चालू था कि तभी टीवी का शायद चैनल बदला गया और एक वीडियो चलने लगी और ये क्या, ये तो वही वीडियो थी, जिसकी धमकी नेहा प्रेम को दे रही थी। उनके कल रात के प्रेम की गाथा गाती हुई

वीडियो। प्रेम की आँखें फटी की फटी रह गयीं। ये वीडियो किसी पोर्न फ़िल्म से कम नहीं थी जिसका नायक था प्रेम और नायिका नेहा। प्रेम ने नेहा की तरफ़ देखा और नेहा ने वीडियो बंद कर दी।

"क्या चाहती हो तुम नेहा... क्या चाहती हो? जो तुम चाह रही हो... तुम्हें सब मिल तो रहा है... फिर ये क्या है... अब क्या तुम मुझे ब्लैकमेल करोगी, ये वीडियो दिखा-दिखा कर? बोलो.." प्रेम बस रोने कगार पर था और नेहा प्रेम की बेबसी पर मुस्कुरा रही थी कि अचानक प्रेम खड़ा हुआ।

"बस नेहा आज के बाद तुम इस रिश्ते की मर्यादा रखोगी कि तुम मेरी साली हो और मैं तुम्हारा जीजा।

"नहीं जीजा जी नहीं.. अब बर्दाश्त नहीं हो रहा.. नहीं सह सकती तुम मेरे सिवाए किसी के बदन को छूओ भी.. जब मैं तुम्हें जीजा जी कहती हूँ तो बेगाना पन लगता है।" उसने लगभग प्रेम का कॉलर पकड़कर अपनी ओर खींच लिया। तुम्हारे होटों से रस कोई और नहीं पी सकता.. मेरे सिवाए!"

प्रेम- "और कौन है?.. पूजा है.. और वो मेरी पत्नी है.. और यह रिश्ता ज़िन्दगी भर का है!"

नेहा- "मुझे कुछ नहीं पता, मुझे तुमसे अपने हिस्से का प्यार चाहिए.."

प्रेम- "और पूजा?"

"मार दो पूजा को" नेहा ने ये बात कहकर प्रेम को चौंका दिया और अगले पल प्रेम के गले से लिपटकर रोने लगी।

"मैं तुमसे अलग नहीं रह सकती और ये चूहे-बिल्ली का खेल मुझे भी पूरी ज़िन्दगी नहीं खेलना। अगर मुझे तुम्हारे साथ दिन... हाँ... रातें भी गुज़ारनी है तो पूजा को रास्ते से हटना होगा!" नेहा बेधड़क बोल रही थी।

"क्या बकवास कर रही हो, नेहा तुम? पूजा तुम्हारी बड़ी बहन है। तुम उसके बारे में ऐसे कैसे सोच सकती हो? शर्म आनी चाहिए तुम्हें!" लगभग डाँटते हुए बोला प्रेम।

"मुझे क्यूँ शर्म आनी चाहिए। ये तो अच्छा है, पहले मेरा प्यार मुझसे छीन लो और फिर मैं कुछ सोचूँ भी ना। देखो मैं भी ये करना नहीं चाहती प्रेम, पर हमारे पास कोई दूसरा चारा नहीं है। अगर तुम पूजा को नहीं मरोगे तो मैं मार दूँगी!" प्रेम का अब दिमाग़ फिर गया था। और वो चीख़ के बोला-

"देख नेहा, तुझे जो करना है कर, पर सुन ले कान खोलकर मैं पूजा से

प्यार करता हूँ और तू जो भी चाहती है ना, ऐसा अब कभी नहीं होगा, तू अगर मुझे बदनाम करेगी तो भूल मत मेरे साथ-साथ तेरा और मेरा दोनों का परिवार बदनाम होगा और अगर मेरे परिवार पर हल्की-सी भी आँच आयी तो मैं भी तुझे छोड़ूँगा नहीं!" और ये बोलते हुए वो बाहर निकल गया। उसका दिमाग़ चकरा रहा था। उसकी और नेहा की ये छोटी-सी नादानी अब एक ख़तरनाक जुर्म की शक्ल इख़्तियार कर रही थी। वो सीधा नीचे लाउन्ज में बने बार में पहुँच गया और बैठकर शराब पीने लगा। वो एक के बाद एक पैग पिए जा रहा था इतना कि अब वो गिरने लगा था, पर चिलाये जा रहा था।

"और दो... और दो.." कि बारटेंडर ने देखा कि प्रेम आपे से बहार हो रहा है तो उसने उसे और शराब देने से मना कर दिया।

बारटेंडर- "नहीं सर मैं आपको और नहीं दे सकता!" इतना सुनते ही प्रेम ने वहाँ पड़े गिलास तोड़ दिये।

"क्यों नहीं दे सकते... पैसे दूँगा कितने चाहिए?" कि अब वहाँ कुछ और वैटेर्स आ गये उन्होंने प्रेम को पकड़कर कुर्सी पे बिठाया और प्रेम एक बात बड़बड़ा रहा था, "मुझे शराब दो!" कि तभी किसी ने प्रेम के रूम नंबर ३२० में इंटरकोम लगाकर पूजा को बताया कि उसके हसबंड बार में तमाशा कर रहे हैं। इतना सुन पूजा लिफ़्ट में दौड़कर नीचे आयी और कमलेश नाम के एक वेटर की मदद से प्रेम को ऊपर ले गयी।

पूजा लड़खड़ाते हुए प्रेम को कमरे के अंदर ले आकर आयी और बैड पर लेटा दिया। पूजा ने प्रेम के जूते उतारे। उसने देखा के प्रेम बड़बड़ाये जा रहा था।

"बहुत बुरा आदमी हूँ मैं... बहुत बुरा.." उसने देखा कि पूजा उसके एक दम नज़दीक बैठी उसके माथे को सहला रही थी।

प्रेम- "पूजा तुम बहुत अच्छी हो, मैं बहुत बुरा.."

पूजा- " नहीं आप बहुत अच्छे हो.." कहते हुए उसने प्रेम के सर को अपने वक्षों में प्यार से दबा लिया। प्रेम की हालत देख उसके भी आँसू निकल आये थे।

"आप सो जाइये बाद में बात करेंगे.. आप इस वक़्त होश में नहीं हैं.."

प्रेम- "हाँ होश? साला होश में जब भी आना चाहूँ.. वो मुझे... वो मुझे.." उसको इतनी चढ़ गयी थी कि उससे बात नहीं हो रही थी।

पूजा- "वो... कौन? किसकी बात कर रहे हो आप?" प्रेम ने ज़ोर लगाकर हिम्मत की, "वो ने..........." और बेहोश हो गया। वो ओंधे मुँह पूजा की गोद में

पड़ा था। प्रेम की ये हालत देखकर उसकी आँख में आँसू आ गये थे कि अचानक उसने देखा कि प्रेम की जेब में उसका मोबाइल वाइब्रेटर पे बज रहा है। उसने बड़ी मुश्किलों से प्रेम को सीधा करके उसकी जेब से उसका मोबाइल निकला। प्रेम की मम्मी का फ़ोन था। पूजा ने देखा कि प्रेम गहरी नींद में है उसने फ़ोन अटेंड किया।

पूजा- "पाए लागुन मम्मी जी.."

मम्मी- "अरे पूजा कैसी हो... और ये प्रेम कहाँ है?.. जब से तुम्हारे साथ गया है उसके फ़ोन आने ही बंद हो गये!" प्यार से छेड़ते हुए उसने पूजा से कहा।

पूजा- "नहीं वो सो रहे हैं... रात को ज़्यादा देर तक जाग रहे थे तो..."

मम्मी- "समझ गयी... चल जब उठे तो बात करवा देना... और तू ख़ुश है न?" पूजा ने अपने आँसू सँभालते हुए कहा-

"हाँ मम्मी जी... बहुत ख़ुश!"

मम्मी- "चलो ख़ुश रहो.. रखती हूँ.."

"हाँ.." कहकर पूजा ने फ़ोन नीचे कर लिया। वो अभी भी प्रेम को इस हाल में देख रही थी। उसके लिए ये भी एक नया ही अनुभव था। उसने कभी किसी लड़के को इस तरह शराब के नशे में चूर अपने बैड पर नहीं देखा था। वो भी जो उसका पति था। उसने अपने आँसू पहुँचे और जैसे ही प्रेम का मोबाइल टेबल पर रखने को थी उसकी नज़र उसके मोबाइल के मैसेज बॉक्स पे गयी। उसे कुछ परिचित नाम दिख रहे थे। उसने प्रेम के मोबाइल में मैसेजस खँगालने शुरू कर दिए। अचानक उसने पाया कि प्रेम की नींद खुल गयी है उसे शायद उल्टी आ रही थी। पूजा ने झट से उसका मोबाइल वहाँ साइड में रख दिया और उसे बाथरूम में ले गयी। जहाँ से प्रेम के उल्टी करने की आवाज़ें आ रही थीं और पूजा उसे सहारा दे रही थी।

गोवा के एक हॉस्पिटल में प्रेम दलबीर और प्रदीप को अपना बयान दे रहा था। उसने आगे बताया कि जब उसकी नींद खुली तो पूजा उसके कमरे में नहीं थी। वो उसे ढूँढ़ने बाहर गया तो ३२२ नंबर रूम का दरवाज़ा खुला था जिसमें नेहा ठहरी हुई थी। वहीं उसे पूजा की लाश मिली। उसके सीने में चक्कू गड़ा हुआ था और फिर किसी ने उसके सर पर वार कर दिया।

ये बात तो दलबीर और प्रदीप पहले से ही जानते थे। ख़ैर उन्होंने इस बात की पुष्टि तो कर दी कि प्रेम और नेहा के बयान कुछ हद तक मेल खा रहे थे कि

तभी नर्स अंदर आ गयी उसने दलबीर और प्रदीप को बाहर जाने के लिए कहा।

प्रदीप दलबीर के साथ बाहर खुली हवा में आ गया। उसे अभी भी इन कहानियों की उन कड़ियों की तलाश थी जो पूजा के क़त्ल से जुड़ती हैं। लिहाज़ा उन्होंने नेहा की कहानी को पूरी करने का फ़ैसला लिया और फिर वो दोनों उसी कमरे में नेहा के साथ बैठे थे। वो उससे उस रात के बारे में जानना चाहते थे जिस रात वो होटल छोड़कर गयी थी।

नेहा दलबीर और प्रदीप के सामने बैठी हुई थी। प्रदीप नेहा को ग़ौर से देखकर उसके दिमाग़ को पढ़ने की कोशिश कर रहा था। उसने जेब से सिगरेट का नया पैकेट निकला। वो जैसे ही उसमें से एक सिगरेट निकलने वाला था नेहा ने उससे पूछ लिया-

"क्या मैं एक सिगरेट ले सकती हूँ?" प्रदीप की नज़र एक बार दलबीर से मिलीं। उसने नेहा के आगे पैकेट करते हुए पूछ लिया-

"तुम सिगरेट भी पीती हो?" नेहा ने प्रदीप से सिगरेट लेते हुए कहा-

"हाँ पापा की कभी-कभी चुराकर!" और कहते ही उसने प्रदीप के लाइटर से अपनी सिगरेट जला ली। प्रदीप देख रहा था कि नेहा का मन अब अपनी कहानी सुनाकर हल्का हो गया था। उसने नेहा से कहा, "अगर तुम चाहती हो तो थोड़ी देर बाहर बरामदे में खड़ी होकर सिगरेट पी सकती हो!" नेहा शायद ये ब्रेक चाहती थी, वो थैंक्स कहकर कमरे से सटे बरामदे में चली गयी। उसके जाते ही दलबीर के मन में उभरे प्रश्न प्रदीप के सामने आ गये। उसने भी प्रदीप के पैकेट से एक सिगरेट निकालते हुए कहा-

"इसकी और प्रेम की अय्याशी की कहानी तो बहुत ही रंगीन है। दाद देनी पड़ेगी दोनों की हिम्मत की!" प्रदीप ने मुस्कुराते हुए कहा-

"हर जुर्म की जड़ ज़र-जोरू-ज़मीन ही होती है दलबीर जी। प्रेम और ये लड़की इस बात को अच्छी तरह समझ रहे हैं। जो कुछ भी इन दोनों ने कहा एक एक शब्द सच है और सच्चाई ऐसी ही भयानक होती है।"

दलबीर- "मुझे तो लगता है कि ये लोग ऐसी अश्लील कहानी सुनाकर हमें गुमराह कर रहे हैं!" इस पर प्रदीप ने ठहाका लगते हुए कहा, "लुक हू इज़ टाकिंग? वो पुलिस इंस्पेक्टर? जो दिन रात मुजरिमों के बीच रहता है, जो सिर्फ़ ऐसे ही अश्लील जुर्मों से घिरे रहते हैं। दलबीर जी कीचड़ साफ़ करने के लिए कीचड़ को पहले अपनाना पढ़ता है!" दलबीर के चेहरा पर शर्म के भाव उभर

आये थे। सही तो सोच थी प्रदीप की, अगर कीचड़ साफ करना है तो कीचड़ में लिप्त तो होना पड़ेगा। वो अभी इसी सोच में था कि नेहा वापस आ गयी। दलबीर ने अपना रिकॉर्डर ओन करते हुए उससे पूछा, "तो शुरू करें?" नेहा ने आगे बोलना शुरू किया-

"उस रात भी मैं प्रेम का इंतज़ार करने लगी। काफ़ी देर हो गयी जब प्रेम नहीं आया तो मैंने प्रेम को बुलाने के लिए उसे मैसेज किया पर प्रेम नहीं पूजा मेरे कमरे में आयी। मैं नहीं जानती थी कि प्रेम शराब पीकर सो रहा था और मेरा मैसेज पूजा ने पढ़ लिया था!" फिर जो उसने बताया वो सब कुछ प्रदीप और दलबीर के आगे किसी फ़िल्मी मंज़र की तरह परदे पर घूमने लगा। कैसे रात को जब नेहा प्रेम का इंतज़ार कर रही थी उसके दरवाज़े पर दस्तक हुई-

नेहा- "आ जाओ प्रेम, बेसब्री से तुम्हारा इंतज़ार कर रही हूँ!" पर उसके होश उड़ गये जब उसने देखा सामने पूजा खड़ी थी। पूजा नेहा के कपड़े देखकर दंग रह गयी। एक पतली-सी नाइटी अंदर कुछ भी नहीं था। अचानक उसने प्रेम के मोबाइल में उसे एक वीडियो दिखाया जिसमें नेहा और प्रेम करम कांड कर रहे थे।

पूजा- "क्या है ये... हैं क्या है ये......? "

नेहा- "पूजा मैं तुझे सब समझती हूँ!!"

पूजा- "नहीं समझना मुझे कुछ भी.... समझी.. अरे बहन नहीं सहेली समझती तुझे सबसे अच्छी सहेली... और तू तो डायन निकली, मेरा घर खा गयी तू... क्या चाहती है मैं तुम दोनों के रस्ते से हट जाऊँ? ठीक है..ठहर.." कहते हुए पूजा ने वहाँ पड़ा एक चक्कू उठा लिया और अपने सीने में घोंपने को थी कि नेहा ने उसके हाथ से चक्कू छीनकर फेंक दिया।"

नेहा -"नहीं पूजा ऐसा मत करना.."

पूजा- "ठीक है फिर, पापा को ही फ़ोन लगाती हूँ!.... डर मत मैं तेरी शिकायत नहीं लगा रही.. ये कहने के लिए कि मैं अभी इसी वक़्त प्रेम को तलाक़ दे रही हूँ.. और तेरी शादी करवा दे उससे, वैसे भी आज तक प्रेम से मझे वो सुख तो मिला नहीं जो उसने भर-भर के तुझे दिया है.. हाँ सच नेहा ये शादी सिर्फ़ नाम की है इसे ख़त्म हो जाना चाहिए!"

नेहा- "नहीं पूजा प्लीज़ नहीं... देख पूजा मैं बुरी हूँ बहुत बुरी हूँ... अपनी बहन का घर बर्बाद कर दिया.... मैं सच में तुम लोगों से दूर चली जाऊँगी.. कभी

शक्ल नहीं दिखाऊँगी.. पर प्लीज़ पापा को फ़ोन करके ये मत कहना कि तुम प्रेम को तलाक़ दे रही हो..." कहते हुए उसने अपने कपड़े बदलने शुरू कर दिए और अलमिरा से कपड़े निकालकर बैग में डालने लगी थी।

नेहा- "पूजा जो भी हुआ उसमें प्रेम का उतना क़सूर नहीं जितना मेरा है.. मैंने ही उसे हमेशा ब्लैकमेल किया था... वो तो तुझे बहुत चाहता है... प्लीज़ बेशक मुझसे ज़िन्दगी भर बात मत करना पर.. प्रेम को मत छोड़ना!" कहते हुए वो कमरे से बाहर निकल गयी थी और पूजा माथा पकड़कर वहीं बैठ गयी। नेहा ये सारी घटना प्रदीप को सुना रही थी। उसने आगे कहा-

"उसके बाद मैं सीधी एयरपोर्ट चली गयी रास्ते में जो भी पहली फ़्लाइट मिली बुक कर ली.." ये सारी बात सुनाते हुए वो रो भी रही थी।

प्रदीप- "उसके बाद तुम्हारी पूजा से कोई बात नहीं हुई?" नेहा ने अपने आँसू पोंछते हुए कहा, "नहीं!" प्रदीप अपनी सिगरेट को सूँघता हुआ उस कमरे से बाहर आ गया। उसके पीछे दलबीर भी।

दलबीर- "क्या लगता है आपको?"

प्रदीप- "नेहा की बात में इतनी सच्चाई तो है कि वो देर रात होटल छोड़कर चली गयी थी। अगर वो एयरपोर्ट पर रात २ बजे के आसपास थी तो इसका मतलब उसने होटल तक़रीबन एक बजे छोड़ा होगा... और पूजा का क़त्ल?"

दलबीर- "ये तो अब पोस्टमोर्टेम की रिपोर्ट से पता चलेगा कि पूजा का क़त्ल कितने बजे हुए था!"

प्रदीप- "हाँ दलबीर ये तो पता चल जायेगा कि पूजा का मर्डर कितने बजे हुआ। CCTV फ़ुटेज से कुछ पता चला?"

दलबीर- " हैरानी की बात है कि रात १२ बजे से CCTV बंद था.. सुबह चालू हुआ है!" दलबीर की बात सुनकर प्रदीप मुस्कुरा दिया-

"यानी क़ातिल रात १२ बजे होटल में पहुँच गया था!"

दलबीर- "कौन है क़ातिल?" प्रदीप ने लम्बी साँस लेते हुए कहा, "कोई भी हो सकता है जो इस कहानी से पहले दिन से जुड़ा हुआ है, प्रेम, नेहा या फिर कोई और। फ़िलहाल इस मुद्दे में मैं कुछ नहीं कह सकता, आई आल्सो नीड सम रेस्ट, तब तक तुम प्रेम और पूजा के बाक़ी रिश्तेदारों से बातचीत करो, प्रेम की उस रात की टेलीफ़ोन कॉल्स की डिटेल्स निकालो.. हो सकता है कोई सुराग़ मिल जाये!" कहकर प्रदीप चला गया।

अगले दिन पूजा की मौत की ख़बर उसके माइके और ससुराल वालों तक

पहुँच गयी थी। दोनों ही घरों में हा-हा कार मच गया था। प्रेम के मम्मी-पापा और पूजा के पापा सब अगली फ़्लाइट से गोवा पहुँच गये थे। दलबीर ने सबसे बातचीत करनी शुरू की पर किसी को न तो प्रेम से मिलने की इजाज़त दी ना ही नेहा से।

यही सवाल प्रदीप को खाए जा रहा था। उसके शक के दायरे में फ़िलहाल केवल दो ही लोग थे। एक नेहा, दूसरा प्रेम। पर ना जाने क्यों उसका एक्सपीरियंस कह रहा था कि क़ातिल कोई और ही है? पर कौन?

उसके बाद उसने पूजा के घर वालों के बयान लिये। पहले उसके पापा के फिर बिंदु चाची के जो पूजा के बहुत क़रीब थी। पर उनकी बातों से कोई ऐसी बात सामने निकलकर नहीं आयी जिससे पूजा के क़त्ल का शक किसी और पर जाये। प्रेम के पिता ने तो दलबीर को प्रेम और नेहा की शादी की DVD भी दे दी ये कहकर कि इतनी सुंदर शादी की थी हमने। पता नहीं किस से कहाँ ग़लती हो गयी।

दलबीर अपने पुलिस स्टेशन में बैठा उस DVD को देखे जा रहा था। उसे अभी भी क़ातिल की तलाश थी कि तभी एक हवलदार ने उसे प्रेम के फ़ोन रिकार्ड्स की लिस्ट लाकर दी जो उस दिन प्रेम के नंबर से हुए थे। दलबीर ने वो DVD और फ़ोन लिस्ट की एक कॉपी प्रदीप के घर भी भेजने का आदेश दे दिया। आज के लिए वो बहुत थक चुका था। लिहाज़ा उसने आज रात आराम करने की सोची।

अगली सुबह प्रदीप के घर की डोर बेल से उसकी नींद खुली। प्रदीप ने देखा बाहर एक हवलदार खड़ा था जिसके हाथ में दलबीर द्वारा भेजा हुआ एक पैकेट था। उसने हवलदार को रवाना करके उस पैकेट को खोला तो उसमें एक प्रेम और पूजा की शादी की DVD थी और प्रेम के फ़ोन रिकार्ड्स की लिस्ट। प्रदीप उस DVD को पलटकर देखने लगा। बड़ा सुंदर कवर था जिस पर नेहा और प्रेम की मुस्कुराते हुए तस्वीर थी और नीचे लिखा था 'लॉन्ग लिव दा कपल'

प्रदीप ने वक़्त बर्बाद न करते हुए DVD अपने लैपटॉप में लगा दी। हर शादी की DVD की तरह वो भी एक फ़िल्मी तरीक़े से शूट हुई फ़िल्म जैसी थी। जगह-जगह पर फ़िल्मी गीत भरी हुए थे। अपना नाश्ता बनाते हुए प्रदीप रुक-रुक कर उस फ़िल्म को देख रहा था। अचानक न जाने क्यों उसे उस फ़िल्म में रूचि होने लगी और अपनी प्लेट में टोस्ट रखकर उसने पूरी फ़िल्म देख डाली। फ़िल्म के ख़त्म होते ही उसकी गर्दन घूमने लगी। मानो उसे उस फ़िल्म से कोई

तो सुराग़ मिल गया था। उसकी आँखों ने कुछ ऐसा देख लिया था जो शायद कोई और नहीं देख पाया था। इसके बाद उसने झट से प्रेम के फ़ोन की लिस्ट निकली और एक नंबर को देखकर उसके चेहरे पर मुस्कराहट आ गयी। वक़्त न बर्बाद करते हुए उसने दलबीर को फ़ोन लगा दिया। दलबीर जो दो रातों से सोया नहीं था उसने पहली घंटी में ही प्रदीप का फ़ोन उठा लिया और फिर प्रदीप ने उसे जो बताया, उसकी नींद उड़ाने के लिए काफ़ी था।

"मैं अभी पहुँच रहा !" कहते हुए वो फ़ोन रखकर बाथरूम की तरफ़ निकल गया।

एक घंटे बाद दलबीर प्रदीप के घर पे था और प्रदीप के लैपटॉप पर वही प्रेम और पूजा की शादी की DVD चल रही थी। दलबीर ने पूरी फ़िल्म देख डाली पर उसे कुछ समझ नहीं आया। दलबीर ने हैरानी से प्रदीप को देखते हुए पूछा-

"आप तो कह रहे थे कि क़ातिल इस DVD में है, पर मुझे तो पता नहीं चला कौन!" प्रदीप ने अपने अंदाज़ में जेब से सिगरेट निकलते हुए कहा-

"क़ातिल इसी DVD में है बस उसका चेहरा सामने नहीं दिख रहा!"

दलबीर- "मैं समझा नहीं!" प्रदीप ने फिर से प्रदीप को कुछ चुनिदा शॉट्स रिवाइंड करके दिखाने शुरू किये। जहाँ प्रेम को हल्दी लग रही थी। प्रेम छत पर दोस्तों के साथ था और फिर आख़िर वाला शॉट जब प्रेम पूजा के साथ कार में उसकी डोली लेकर जा रहा था। प्रदीप अपनी सिगरेट जलाते हुए कहा- "ग़ौर से देखिये दलबीर जी, हर शॉट में प्रेम किसी को देख रहा है मानो उसकी किसी से आँखों ही आँखों में बातें हो रही हों!"

दलबीर- "किसे देख रहा है? किस से बात कर रहा है प्रेम?" प्रदीप ने आख़िरी शॉट फिर से दिखाते हुए कहा, "ये वो जो कैमरा के पीछे है, जो ये वीडियो बना रहा था और ये आख़िरी शॉट में उसकी आवाज़ भी है!" दलबीर ने ध्यान से सुना जब प्रेम डोली में जा रहा था तो कोई लड़की प्रेम से कह रही थी-

"ओके प्रेम, ऑल दा बेस्ट फ़ॉर योर न्यू लाइफ़.. बस इतना ही कहूँगी कि इस रिश्ते को ईमानदारी से निभाना जैसे तुमने आज तक हर रिश्ते को निभाया है!" दलबीर ने फिर से उस आवाज़ को रिवाइंड करके सुना। पर उसे कुछ समझ नहीं आ रहा था। उसने प्रदीप से पूछा-

"कौन है ये लड़की?" प्रदीप ने सिगरेट का कश लेते हुए कहा, "इस कहानी

की अहम पात्र जो प्रेम के साथ पहले फ्रेम से थी।" मुस्कुराते हुए उसने DVD का कवर उठाया उस पर एक नाम लिखा था, 'प्रिया दुबे' और अपनी बात की पुष्टि करने के लिए उसने दलबीर को प्रेम के फ़ोन रिकार्ड्स की लिस्ट दिखाते हुए कहा-

"क़त्ल की रात को प्रेम की दो बार प्रिया दुबे से बात हुई थी। पहला फ़ोन प्रेम ने किया था और दूसरा फ़ोन प्रिया का आया था!"

दलबीर- "तो?"

प्रदीप- "प्रेम ने अपनी कहानी में प्रिया का ज़िक्र नहीं किया जबकि इस वीडियो से साफ़ है कि प्रेम और प्रिया के बीच कोई तो रिश्ता था। वो केवल एक फ़ोटोग्राफ़र ही नहीं थी। उसके ये आख़िरी लफ़्ज़ जहाँ वो प्रेम को उसकी आने वाली ज़िन्दगी के लिये शुभकामनाएँ दे रही है, या कहें.. नसीयत और ऐसी बातें वही कर सकता है जो नज़दीक हो और ये फ़ोन कॉल्स इस बात के सबूत हैं। अब ये प्रिया ही हमारी आख़िरी कड़ी है जो इस कहानी के किरदारों को पूजा के क़त्ल से जोड़ेगी।"

दलबीर हैरानी से सारी बातें सुन रहा था। प्रदीप ने एक पेपर पेन लेकर दलबीर को समझाना शुरू किया-

"अगर हम इस केस को आसानी से समझने की कोशिश करते हैं। प्रेम और पूजा की शादी होने वाली थी। प्रेम के सम्बन्ध ग़लती से नेहा से बन गये जिसका फ़ायदा नेहा प्रेम को ब्लैकमेल करके उठाने लगी। यहाँ तक कि वो प्रेम के पीछे गोवा भी आ गयी। यहाँ पर फिर एक रात पूजा को इस सच्चाई के बारे में पता चल जाता है.. कैसे?" उसने दलबीर की तरफ़ सवाल उछालते हुए पूछा।

दलबीर-"ज़ाहिर है पूजा ने प्रेम के मोबाइल में नेहा और प्रेम का वो अश्लील वीडियो देख लिया था!" प्रदीप ने आगे की कड़ी जोड़ते हुए कहा-

"फिर नेहा के बयान के मुताबिक़ पूजा प्रेम का मोबाइल लेकर नेहा के कमरे में जाती है जहाँ वो नेहा को प्रेम के मोबाइल में वो वीडियो दिखाती है। वहाँ दोनों बहनों के बीच कहा-सुनी होती है और नेहा पूजा और प्रेम की ज़िन्दगी से दूर जाने का फ़ैसला कर लेती है। वो पूजा को वहीं उसी कमरे में यानी के रूम नंबर ३२२ में छोड़कर जाती है!" दलबीर ने प्रदीप को बीच में टोकते हुए पूछा-

"हाँ.. इसमें नयी बात क्या है?"

प्रदीप- "अगर नेहा की कही हर बात सही है तो इसका मतलब प्रेम का

मोबाइल वहीं उसी कमरे में होना चाहिए था, यानी के रूम नंबर ३२२ में?

दलबीर- "हाँ!"

प्रदीप- "पर पुलिस को प्रेम का मोबाइल वहाँ नहीं मिला। वो मिला उसके कमरे में यानी रूम नंबर ३२० में। कैसे? और इस बात का ज़िक्र प्रेम ने अपने बयान में नहीं किया। यहाँ तक कि इस पूरे घटना क्रम में प्रेम ने दो मर्तबा प्रिया दुबे से बात की पर उसने उस बात का भी ज़िक्र नहीं किया.. क्यों?" दलबीर अब प्रदीप की बातें समझ रहा था। शायद उसके दिमाग़ में इन सवालों के जवाब भी रूप लेने लगे थे

"प्रदीप जी आपके इन सभी.. 'क्यों'..के जवाब मैं निकल लूँगा बस आप मुझ पर छोड़ दीजिये!" कहकर वो निकल गया। दलबीर ने तो प्रदीप के घर से नीचे उतरने के लिए लिफ़्ट का भी इंतज़ार नहीं किया। अपने सर पर हैट पहनता हुआ वो सीधा अपनी जीप में जा बैठा। उसे अब हॉस्पिटल पहुँचने की जल्दी थी। दलबीर जानता था अभी खेल ख़त्म नहीं हुआ था। अभी तो कहानी में और भी मोड़ आने बाक़ी थे और अब बारी थी प्रेम के साथ सख़्ती से पेश आने की।

दलबीर ने हॉस्पिटल पहुँचकर आव देखा न ताव प्रेम के कमरे में जाकर अंदर से दरवाज़ा बंद किया और प्रेम को बैड पर झटके से बिठा दिया। प्रेम हैरान था कि बिना कोई बात किये दलबीर उसके साथ ऐसा क्यों कर रहा है।

प्रेम ने रोते हुए पूछा- "क्यों कर रहे हैं आप ऐसा, मैं ज़ख़्मी हूँ मर जाऊँगा!"

दलबीर- "मर तो तू पहले ही गया था, हमने ही तुझे बचाया है और अब अगर तू मर भी गया तो मुझे कोई दुःख नहीं होगा!" कहते हुए वो प्रेम की बाज़ू से डिरिप्स निकलने शुरू कर दिए। प्रेम ने दलबीर का हाथ पकड़ते हुए पूछा-

"क्यों कर रहे हैं आप ये?"

दलबीर- "झूठ बोला तूने!!.. तूने प्रिया दुबे के बारे में कुछ नहीं बताया। जबकि उस रात दो बार तेरी प्रिया दुबे से बात हुई थी.." प्रेम के बाल खींचते हुए क्रोध में दलबीर ने कहा।

प्रेम ने रोते हुए कहा- "हाँ प्रिया मेरी अच्छी दोस्त है, पर उसका इस केस से कोई लेना देना नहीं है!"

"उसका इस केस से लेना-देना है या नहीं वो हम तय करेंगे। तेरी प्रिया दुबे से कितनी गहरी दोस्ती है? मुझे सारी कहानी जाननी है एकदम सच-सच। नहीं तो २ मिनट बाद मैं एक रिपोर्ट बनाऊँगा कि प्रेम शर्मा नाम के लड़के ने पहले अपनी

पत्नी का क़त्ल किया और फिर हॉस्पिटल में उसने दम तोड़ दिया!" कहते ही उसने प्रेम के ज़ख़्म को ज़ोर से दबा दिया। दर्द के मारे प्रेम ने चिलाते हुए कहा-

"बताता हूँ सब सच बताता हूँ!" दलबीर ने अपने मोबाइल का रिकॉर्डर ऑन कर दिया और प्रेम ने बताना शुरू किया कि वो और प्रिया बचपन के दोस्त हैं। मेरठ में दोनों के पिता एक ही ऑफ़िस में काम करते थे और एक ही मोहल्ले में रहते थे। बचपन से साथ बड़े हुए। फिर बाहरवीं के बाद मैं कॉलेज चला गया और वो लन्दन चली गयी पढ़ने। तीन साल बाद वो वापस आयी थी। मुझे जब पता चला तो मैं उससे मिलने उसके घर गया। कहते हुए वो दलबीर को अतीत में ले गया-

"उस दिन दोपहर की गर्मी थी, मैं प्रिया से मिलने के लिए बहुत उतावला हो रहा था। बचपन की दोस्ती थी हमारी। मैं बेसब्री से उसकी डोर बेल बजा रहा था कि अचानक प्रिया ने जब दरवाज़ा खोला तो मैं उसे देखकर दंग रह गया। वो अब पहले जैसी बच्ची नहीं रही थी। तीन साल में काफ़ी बदल गयी थी। वो बचपन को पीछे छोड़ जवानी में क़दम रख चुकी थी। उसका गठीला बदन इस बात का प्रमाण था। वो तो मुझे देखकर चहक उठी और मेरे गले लग गयी और मुझे कसकर जकड़ लिया। उसका स्पर्श पाते ही मैंने भी पल भर में अपने बचपन को अलविदा कह दिया था। वो बहुत चहक रही थी आख़िर ३ साल बाद हम मिल रहे थे। वो मेरे लिए लन्दन से टीशर्ट लेकर आयी थी और बिना परवाह किये उसने मेरी टी शर्ट उतार दी और उसकी वाली टी शर्ट पहनने की ज़िद करने लगी!"

अब दलबीर प्रेम की कहानी की कल्पना कर रहा था मानो सब कुछ उसका सामने किसी फ़िल्म के मंज़र की तरह घूम रहा हो। प्रेम का ध्यान टी शर्ट में कम प्रिया के नये नवेले यौवन में ज़्यादा था। प्रिया ने ये महसूस कर लिया था। उसने झेंपते हुए पूछा-

"ऐसे क्या देख रहे हो प्रेम? टी शर्ट ट्राई करो न!" प्रेम ने प्रिया के नजदीक आते हुए कहा-

"एक साथ करते है ना..." इतना सुन प्रिया और झेंप गयी।

"क्या मतलब है तुम्हारा?"

प्रेम- "बचपन से लेकर आज तक जो भी किया है ना? तो अब टी शर्ट भी साथ ही बदलेंगे।"

प्रिया ने वहाँ पड़े कपड़े समेटते हुए कहा, "पहले बात और थी!"

प्रेम- "तो अब क्या बदल गया है? जो इन तीन सालों में तुम्हारे साथ बदला है वही बदलाव तो मुझमे भी आये हैं ना!" प्रिया प्रेम की इस बात का जवाब नहीं देना चाहती थी।

"प्रेम जल्दी से ये टी-शर्ट ट्राई करो फिर ये परफ़्यूम भी तुम्हारे लिए है.." कहते हुए उसने एक परफ़्यूम की बोतल प्रेम के आगे कर दी थी। प्रेम ने प्रिया की आँखों में आँखें डालते हुए पहले परफ़्यूम ख़ुद पर छिड़क लिया और फिर प्रिया पर छिड़कना शुरू कर दिया जब तक बोतल से सारा परफ़्यूम ख़त्म नहीं हो गया। प्रेम हैरान था कि प्रिया ने कुछ नहीं कहा वो बस अब ऊपर से नीचे तक महक रही थी।

प्रिया- "क्या चाहते हो?" प्रेम ने हिम्मत करते हुए कहा, "तुम्हें छूना.." प्रिया ने अपना हाथ बड़ा दिया, "लो छू लो.." प्रेम ने उसका हाथ नीचे करते हुए एक लम्बी आह भरते हुए कहा, "नहीं! पूरा का पूरा, जैसे तुमने मेरी टी शर्ट उतारी, मैं भी तुम्हारी ..." कहते हुए रुक गया, उसे लगा शायद ये बात प्रिया को अच्छी नहीं लगेगी। पर उसकी हैरानी का ठिकाना नहीं था प्रिया अपने दोनों हाथ ऊपर करके, नज़रें झुकाकर खड़ी हो गयी। मानो वो प्रेम को आमंत्रण दे रही थी और प्रेम ने मौक़े का फ़ायदा उठाकर प्रिया की टी शर्ट उसके सर के ऊपर से धीरे-धीरे खिसकानी शुरू कर दी। जैसे-जैसे प्रिया की टी शर्ट ऊपर की और खिसक रही थी, प्रेम के सामने प्रिया की सुन्दरता एक नये स्वरूप में उभर रही थी। उसकी कमर पहले से काफ़ी पतली थी। उसकी नाभी पर एक चाँदी का छल्ला टंगा हुआ था। जैसे ही उसने प्रिया की टी शर्ट और ऊपर खिसकाई उसके गोर बदन की बनावट प्रेम को और आकर्षित करने लगी। प्रिया ने जवानी में क्या क़दम रखा, उसके बदन की बनावट ही बदल गयी थी। उसका हर अंग प्रेम को उसे छूने का आमंत्रण दे रहा था। उसने प्रिया की टी शर्ट उतार कर फेंक दी। वो अब प्रिया के बदन के हर उतार-चढ़ाव का स्पर्श लेना चाहता था। वो अभी सोच हो रहा था कि प्रिया ने उसके दिमाग़ को पढ़ते हुए अपने बदन से हर छोटे-बड़े वस्त्र को आज़ाद कर दिया। प्रिया भी भी किसी चित्रकार की पेंटिंग की तरह हाथ ऊपर करके एक पोज़ बनाकर खड़ी थी। प्रेम अब प्रिया की सुंदरता देखकर मुग्ध था और प्रिया नज़रें झुकाए प्रेम को हर इजाज़त दे चुकी थी। प्रेम के लिए उस वक़्त ये नया अनुभव था। उसके लिए प्रिया को छूना एक

नयी खोज जैसे था। प्रेम की साँसे अब तीव्र गति से दौड़ रही थीं। उसने देखा कि प्रिया के बदन उसके वक्षों से होकर फिर कमर और फिर कमर के नीचे तक एक लहराता हुआ आकर बना रहा था। उसकी नाभी पर एक छल्ला लटक रहा था। जो प्रिया ने गुदवाया था। उसने किसी भी लड़की के बदन को इतने क़रीब से नहीं देखा था। उसने पाया कि उसने अंदर एक अजीब-सी ऊर्जा का संचार होने लगा था। उसका अंग-अंग प्रिया के बदन को छूने के लिए मचल रहा था। उसने अपने हाथ बढ़ाकर प्रिया की कमर को क्या छुआ कि प्रिया भी सिहर उठी। प्रेम के लिए अब हर पल एक नया अनुभव था। वो प्रिया के बदन को जगह-जगह से छूकर ऐसे महसूस कर रहा था जैसे प्रिया कोई अजूबा हो। अपने बदन पर प्रेम के हाथों की छूवन को महसूस कर अब तो प्रिया भी नहीं चाहती थी कि प्रेम और विलम्ब करे। उसने ख़ुद ही प्रेम के दोनों हाथ अपने तने हुए वक्षों पर रख दिए। प्रेम के लिए तो प्रिया इस क्रीड़ा में उसकी अध्यापिका बनी हुई थी। प्रेम ने महसूस किया कि उसका लिंग अब उसके बस में नहीं है, वो तो बस आज़ाद होकर अपनी मंज़िल को पा लेना चाहता था। जैसे कोई पालतू टॉमी अपने मालिक के हाथ से बंधे पट्टे से छूटने के लिए छटपटा रहा हो। पर इस टॉमी को जाना कहाँ था ये प्रेम को नहीं मालूम था। तब प्रिया ने धीरे से प्रेम को अपने ऊपर खींच लिया और फिर प्रेम ने अपने टॉमी को आज़ाद छोड़ दिया और टॉमी ख़ुद ही अपना रास्ता ढूँढ़ने लगा। प्रिया ने भी टाँगे फैलाकर प्रेम का साथ दिया। प्रेम अब अपने और प्रिया के गुप्त अंगों के बीच एक तरल पदार्थ को महसूस कर रहा था और फिर थोड़ी सी कोशिश के बाद प्रेम प्रिया के भीतर एक ही झटके से समा गया। इसके बाद तो प्रेम को किसी अध्यापक या शिक्षा की ज़रूरत नहीं पड़ी। सबकुछ अपने आप ही होता चला गया। एक मधुर अनुभव प्रेम को स्वर्ग की सैर पर ले गया और बचपन का रिश्ता एक जवान रिश्ते में बदल गया।

प्रेम ये बात हॉस्पिटल के कमरे में दलबीर को बता रहा था उसने आगे बताया-

"और फिर ये सिलसिला लगातार चलने लगा। घरवालों ने कभी हमारे रिश्ते को इस नज़र से नहीं देखा था, लिहाज़ा किसी को कभी शक भी नहीं हुआ और हम दोनों को एक-दूसरे की आदत पड़ गयी। हमने कभी शादी करने की नहीं सोची। प्रिया मेरे लिए एक अच्छी दोस्त थी बस और फिर इसी दौरान पापा ने पूजा से मेरे रिश्ते की बात तय कर दी। मैं बहुत ख़ुश था पर इस बात को समझने

में देर लगी कि इसके बाद मैं प्रिया को हमेशा के लिए खो दूँगा। मैं प्रिया से माफ़ी माँगना चाहता था पर प्रिया ने मुझसे बात करने से मना कर दिया। वो हमारी शादी की वीडियो भी मजबूरी में बना रही थी क्योंकि मेरी मम्मी ने उससे कहा था।

दलबीर ने प्रेम की ये बात सुनकर अपने मोबाइल पर उसके सामने वही शादी की वीडियो चला दी। उस वक़्त वीडियो में प्रेम की हल्दी रस्म वाला सीन चल रहा था जहाँ प्रेम की मामियाँ और चाचियाँ प्रेम को हल्दी लगा रही थीं और प्रेम ग़ुस्से में रह-रहकर प्रिया को देख रहा था। जो ये वीडियो उतार रही थी। दलबीर ने प्रेम को ये दिखाते हुए पूछा-

"उस वक़्त तेरे और प्रिया के बीच क्या चल रहा था?" उस वीडियो को देखकर प्रेम को वो लम्हा याद आ गया-

"मैं बस प्रिया को मनाने की कोशिश कर रहा था!"

दलबीर- "किसलिए?"

प्रेम- "उस दिन जब मेरी हल्दी रस्म हो रही थी, प्रिया मेरी वीडियो बना रही थी। पर वो मेरी तरफ़ ध्यान नहीं दे रही थी और मैं चाह रहा था कि प्रिया मेरी तरफ़ एक बार देखे। कहते हुए वो दलबीर को अतीत में ले गया। जब प्रेम को उसकी चाचियाँ और मामियाँ हल्दी लगा रही थीं और कोई गीत गा रही थीं। सामने प्रिया इस पूरा कार्यक्रम की तस्वीरें ले रही थी। प्रेम की नज़र प्रिया से नहीं हट रही थी। प्रिया थी ही ऐसी। उम्र लगभग २६ साल, रंग गोरा, सर पर लहराते गोरे बाल। ज़्यादातर वो डार्क कलर की टी शर्ट और जीन्स में रहती थी। उसके हाव भाव देखकर लगता था कि वो अपने काम में बहुत निपुण है।

ऐसा प्रतीत हो रहा था जैसे कि प्रेम प्रिया से कुछ बात करना चाहता है। हर पल इंतज़ार कर रहा था कि प्रिया की नज़रें उससे मिलें। पर प्रिया जानबूझकर उससे नज़रें नहीं मिला रही थी। साफ़ दिख रहा था कि प्रिया प्रेम को अवॉयड कर रही है कि तभी प्रेम की मम्मी ने आकर बताया कि जल्दी करो लड़की वाले भी आ रहे हैं प्रेम को मेहँदी लगाने। इतना सुन प्रिया ने उसकी मम्मी से कहा, आंटी जी मेरा कार्ड ख़त्म हो गया है, चेंज करके आती हूँ। कहकर वो अपने कमरे की ओर चली गयी। प्रेम प्रिया को जाते हुए देख रहा था। उसने देखा कि उसके सभी रिश्तेदार उसकी मम्मी को बधाइयाँ देने में मगन हैं, शायद वो इसी मौक़े की तलाश में था। वो प्रिया के पीछे जाना चाहता था कि उसकी मम्मी ने उसकी

बाज़ू पकड़ते हुए कहा-

"कहाँ जा रहा है? हल्दी लगने के बाद बीच में नहीं उठते, अपशगुन होता है!" प्रेम ने अपनी मम्मी के मुँह से इतनी बात सुन उसने छोटी उँगली उठाकर इशारा किया, "अब यहीं सब निकल गया तो सबसे बड़ा अपशगुन हो जायेगा!" इतना सुन के वहाँ बैठीं सभी औरते हँस दीं। ताई जी ने कह दिया-

"जाने दे कोई अपशगुन नहीं होगा, हल्दी लग गयी है।" प्रेम को अब प्रिया के पीछे जाने की इजाज़त मिल गयी थी। वो चुपचाप वहाँ से निकल गया।

प्रिया अपने कमरे में आकर अपने बैग से एक नया कार्ड निकाल रही थी जिसे उसे कैमरा में डालना था। वो बस इतना ही कर पायी थी कि अचानक प्रेम ने आकर उसे पीछे से दबोच लिया और बिना वक़्त गँवाये प्रिया की गर्दन पर चुम्बनों की बौछार कर दी। उसके बदन पर लगी सारी हल्दी अब प्रिया की गर्दन पर लग गयी थी। प्रिया को शायद यह सब पसंद नहीं आया। उसने प्रेम को झटकते हुए कहा-

"बिहेव योर सेल्फ़ प्रेम.... तुम्हारी शादी है.."

प्रेम- "पर प्यार तो मैं तुमसे करता हूँ!" कहते हुए वो फिर से प्रिया पर झपट पड़ा। प्रिया ने लगभग उसे धक्का देते हुए कहा-

"तुम मुझसे नहीं मेरी बॉडी से प्यार करते हो प्रेम!"

प्रेम- "यह झूठ है!"

प्रिया- "झूठ है झूठ है.. ठीक है... तो आओ.." लगभग प्रेम पर चिल्लाते हुए उसने अपनी टी शर्ट उतार दी। उसकी आँखों में आक्रोश था।

प्रिया- "लो करो जो करना है.." प्रेम यहाँ भी नहीं रुका। प्रिया की ख़ूबसूरती देख वो उत्तेजित हो उठा-

"यू हैव बिउटीफ़ुल बॉडी प्रिया.." उसने अपने हाथ प्रिया की ओर बढ़ाते हुए कहा। पर प्रिया पर प्रेम की इन आहों का कोई असर नहीं हो रहा था। वो बस प्रेम को घूरे जा रही थी और अपने कैमरा सामने लाकर उसने कहा-

"ठीक है जो करना है करो.. बट इसका मैं वीडियो बनाऊँगी और सबको दिखाऊँगी!" इतना सुनते ही प्रेम ने अपने हाथ पीछे कर लिये। वो हैरानी से प्रिया के दिमाग़ को पढ़ने की कोशिश कर रहा था।

प्रिया- "मुझे कोई प्रॉब्लम नहीं है... अगर तुम मुझे प्यार करते हो तो प्रॉब्लम तुम्हें भी नहीं होनी चाहिए... ऍम आइ राईट?" वो प्रेम की झुकी नज़रों

में नज़रें गाड़कर कह रही थी। प्रिया की इस हरकत से ये तो समझ आ गया था कि प्रिया पहली बार प्रेम के सामने निर्वस्त्र नहीं हुई थी और ये भी कि प्रेम के लिए प्रिया के लिए ये प्यार नहीं वासना थी। प्रेम ने देखा कि प्रिया बेबाक-सी अपने नग्न वक्षों को उसके सामने ताने खड़ी थी। प्रेम हल्का-सा इमोशनल हुआ।

"बस एक बार आख़िरी बार.... मुझे तुम्हें प्यार करने दो.. उसके बाद मेरी शादी हो जायेगी तो तुम्हें फ़ोन भी नहीं करूँगा.. प्रोमिस.." प्रिया ने ख़ुद को सँभालते हुए प्रेम को पीछे किया-

"ये तुम्हारी हवस है प्रेम.. हाँ ये भी सच है कि आज तक मेरे और तुम्हारे बीच जो भी हुआ वो प्यार नहीं सिर्फ़ एक ज़रूरत थी... फिज़िकल नीड... जो हम दोनों ने एक-दूसरे के लिए पूरी की.. बस अब और नहीं प्रेम। हमें इसी वक़्त इसे यहाँ ख़त्म करना होगा। मैं तो तुम्हारी शादी की फ़ोटोग्राफ़ी भी नहीं करना चाहती थी पर मेरे पापा तुम्हारे पापा के अच्छे दोस्त हैं। तुम्हारी मम्मी ने ज़िद की, तो मुझे आना पड़ा। मैं नहीं चाहती थी कि हमारे रिलेशन को लेकर किसी को शक भी हो।" उसने देखा कि प्रेम को उसके तर्क से कुछ लेना देना नहीं था।

प्रिया- "अब जाओ यहाँ से ख़ा-म-ख़ा किसी को शक हो गया तो बहुत सी ज़िंदगियाँ बर्बाद हो जायेंगी जिसके ज़िम्मेदार सिर्फ़ तुम होगे!" कहते हुए उसने अपनी टी शर्ट पहन ली। उसने अपनी गर्दन से हल्दी साफ़ करते हुए कहा-

"सारी हल्दी लगा दी अब नहाना भी पड़ेगा, तुम खड़े क्यों हो जाओ!" प्रेम समझ गया था कि इस वक़्त वहाँ से चले जाने में ही भलाई है। वो दरवाज़े तक गया और मुड़कर उसने फिर से प्रिया को देखकर कहा-

"कुछ भी हो जाये प्रिया.. मुझे तुम्हारा प्यार चाहिए.. आख़िरी बार.. और वो मैं लेकर रहूँगा.." उसकी बात में प्रिया के लिए हल्की सी धमकी थी, पर प्रिया ने सोच लिया था कि वो जल्दी से काम ख़त्म करके यहाँ से निकल जायेगी।

गोवा के हॉस्पिटल में प्रेम दलबीर को ये सारी कहानी सुना रहा था। अब तो प्रदीप भी वहाँ पहुँच गया था। वो भी प्रेम के इस बयान का साक्षी बनना चाहता था। प्रेम ने आगे कहा-

"मुझे न जाने क्यों ज़िद सी चढ़ गयी थी कि शादी से पहले मैं एक बार प्रिया को प्यार कर लूँ। पर प्रिया वो तो मुझे अवॉयड कर रही थी। नेहा जब अपनी चाची के साथ मुझे हल्दी लगाने आयी तो मैंने जानबूझ कर उसकी बेवक़ूफ़िओं को हवा दी। उसके कहने पर अपना पायजामा भी उतार दिया, सिर्फ़ प्रिया को

जलाने के लिए। पर उसे किसी भी बात से फ़र्क़ नहीं पड़ रहा था। वो जितना मुझे अवॉयड कर रही थी उसे एक बार पाने की मेरी ज़िद उतनी ही बढ़ती जा रही थी और वो फिर से अतीत में पहुँच गया जब नेहा और उसकी चाचियाँ प्रेम को हल्दी लगाकर जा चुकी थीं। प्रिया ने भी जाने का फ़ैसला कर लिया।

प्रेम याद कर रहा था कि उस वक़्त वो कपड़े पहनते हुए प्रिया को ही देखे जा रहा था और प्रिया अपना कैमरा बंद करके बैग में डाल रही थी। प्रिया ने तब प्रेम की मम्मी को जा कर कहा-

"आंटी जी मैं चलती हूँ.. कुछ ज़रूरी मीटिंग्स हैं। मेरा एसोसिएट आकर बाक़ी की फ़ोटोग्राफ़ी कर लेगा।" प्रेम इस बात पर चौंक गया कि प्रिया बहाना बनाकर जा रही है और उसकी तमन्ना अधूरी रह जायेगी, पर उसे तब राहत मिली जब उसकी मम्मी ने कहा-

"अरे ऐसे कैसे.... नहीं -नहीं.... तुम शादी की पूरी फ़ोटोग्राफ़ी करोगी.. बोल दे रही हूँ... तुम्हारी जो भी ज़रूरी मीटिंग्स हैं उसे कैंसिल कर दो.. बस मैं कुछ नहीं जानती!"

प्रिया- "आंटी प्लीज़.. बहुत ज़रूरी मीटिंग्स हैं... नहीं रुक सकतीं!" प्रेम जानता था कि प्रिया उसे अवॉयड करके जा रही है, उसने आगे आकर प्रिया से कहा-

"क्यों ज़िद कर रही हो.. मेरी शादी बार -बार थोड़े न होनी है और फिर दो दिन की तो बात है परसों तो मैं पूजा को लेकर हनीमून के लिए निकल जाऊँगा। प्लीज़ रुक जाओ.. प्रॉमिस तुम्हें यहाँ कोई तकलीफ़ नहीं होगी.. प्रॉमिस।"

प्रिया जानती थी कि प्रेम ये सब क्यों कह रहा है। इसे पहले वो कुछ कह पाती कि प्रेम की मम्मी ने प्रिया की ठोढ़ी पर हाथ रखते हुए कहा-

"मान जाओ प्रिया.. देखो प्रेम तुम्हारे बचपन का दोस्त है। अब उसकी शादी है.. दो दिन बाद ये अपनी लाइफ़ में बिजी हो जायेगा.. न जाने फिर तुम लोगों की कब मुलाक़ात हो.. यही तो यादें रह जायेंगी।" उसने प्रिया को समझाते हुए कहा और प्रेम ने भी अपनी मम्मी की बात का फ़ायदा उठाते हुए कह दिया-

"हाँ मम्मी यही समझा रहा था मैं इसे कि ये इन दो दिनों को ऐसा यादगार बना दें, जिसकी यादें जीवन भर संजोकर रखी जा सकें!" उसने ये बात प्रिया की आँख में आँख डालकर कह दी थी कि प्रेम की मम्मी ने प्रेम को डाँटते हुए कहा-

"चल बहुत हो गयी शायराना बातें अब जाकर नहा.. कहीं नहीं जा रही

प्रिया।" कहते हुए उसने प्रेम को अंदर भेज दिया। प्रिया प्रेम की मम्मी को ना नहीं कह पायी पर वो जानती थी कि उसे हर हाल में प्रेम से सँभलकर रहना है।

लड़के वालों की तरफ़ अब प्रेम अपने दोस्तों और कज़न्स के साथ बीयर पी रहा था। उनकी तरफ़ छत पर सारा इंतज़ाम था। सभी प्रेम को एक सुखद गृहस्थ जीवन की नसीहत दे रहे थे। कुल मिलाकर वो ख़ुद को एक जोकर महसूस कर रहा था। जैसे कि दुल्हे का तो मज़ाक़ उड़ने का हक़ हर एक को होता है। पर उसकी नज़रें प्रिया को तलाश रही थीं। उसके अंदर अपनी आख़िरी इच्छा पूरी करने की तमन्ना उबाल खा रही थी। बस एक बार.. एक आख़िरी बार वो प्रिया को पा लेना चाहता था। अचानक उसे प्रिया दिख गयी जो तस्वीरें खींच रही थी। पूरी छत एक मिन्नी बार में बदल चुकी थी। जगह-जगह लोग छोटे-छोटे झुण्ड बनाकर व्हिस्की और बियर पी रहे थे। ज़्यादातर लोगों को चढ़ चुकी थी। उनके ठहाकों की आवाज़ इस बात का प्रमाण थी और प्रिया यह मोमेंट्स अपने कैमरे में क़ैद कर रही थी कि प्रेम के एक दोस्त ने प्रिया को आवाज़ लगते हुए कहा-

"प्रिया मैडम एक फ़ोटो हमारी प्रेम भाई के साथ हो जाये.. आज तो बैचलर है कल से इसके गले में भी पति नाम का पट्टा आ जायेगा। उसकी बात पर सभी ने सहमति दिखाते हुए प्रेम को बीच में कर लिया और हाथों में गिलास पकड़कर प्रिया के कैमरे के लिए पोज़ देने लगे। प्रेम की नज़र रह-रहकर प्रिया से मिल रही थी वो जानती थी कि प्रेम की आँख में एक ही सवाल है। वो उसे आख़िरी बार पाना चाहता था। प्रिया फ़ोटो क्लीक करके वो वहाँ से निकल गयी अब प्रेम की बारी थी। बस अब वो मौक़ा ढूँढ़ रहा था वहाँ से खिसकने का जिससे वो प्रिया के कमरे में जा सके।

उधर प्रिया अब अपने कमरे में आ चुकी थी। उसके सामने से प्रेम का विनती करते हुए चेहरा नहीं जा रहा था। उसने कुछ सोचकर अपने कैमरे में सुबह के वीडियो देखने शुरू कर दिए। वो प्रेम की उन वीडियोज़ को देख रही थी जो उसने सुबह हल्दी के समय खींची थी। वो ये सारी ख़ुशियाँ देखकर डर गयी कि कहीं प्रेम का या पागलपन इन ख़ुशियों को बर्बाद ना कर दे। उससे रहा नहीं गया उसने झट से अपना मोबाइल उठाया और उस पर एक मैसेज टाइप कर डाला।

छत पर प्रेम भी अंकल्स की पार्टी में फँसा हुआ था और उसे शादीशुदा ज़िन्दगी का गायन देने से कोई भी नहीं चूक रहा था कि अचानक वो अपने

मोबाइल पर एक मैसेज देखकर चौंक गया। ये प्रिया का मैसेज था जिसमें प्रिया ने लिखा था-

"ओके प्रेम.. आई विल मीट यू.. सिर्फ़ तुम्हारा पागलपन शांत करने के लिए, पर तुम्हें प्रॉमिस करना होगा कि हम ये आख़िरी बार मिल रहे हैं.. इसके बाद तुम मुझे कभी फ़ोन नहीं करोगे.." प्रेम की बाँछे खिल उठीं। उसकी तो जैसे लॉटरी लग गयी थी। उसने जवाब में लिखा, "यस एग्रीड.. पर मिलना कहाँ है?" पर इस मैसेज का जवाब नहीं आया उसे। वो वहीं अंकल्स की पार्टी में खड़ा प्रिया के अगले मैसेज का इंतज़ार करने लगा।

ये बात बताते-बताते प्रेम वर्तमान में आ गया। उसने दलबीर से कहा कि वो प्रिया के मैसेज का इंतज़ार कर रहा था कि तभी नेहा ने आकर उसे बताया कि कोई उसका इंतज़ार दहेज़ वाले कमरे में कर रहा है। प्रेम ने समझा कि ये मैसेज शायद प्रिया ने ही उसके लिए भेजा होगा। वो बस जल्द से जल्द दहेज़ वाले कमरे में पहुँच जाना चाहता था पर उसके रिश्तेदार उसे छोड़ ही नहीं रहे थे। कहते-कहते वो फिर उस अतीत के मंज़र को दलबीर और प्रदीप के सामने ले आया।

बस किसी तरह जब सब लुढ़कने लगे तो वो मौक़ा पाकर दहेज़ वाले कमरे में पहुँच गया। उसने सोचा कि उस कमरे में प्रिया है, पर वो नहीं जानता था कि वहाँ प्रिया नहीं नेहा थी। उसने नेहा को प्रिया समझकर ख़ूब प्यार किया। बस यही ग़लती हो गयी थी उससे। जिसका ख़ामियाज़ा वो आज तक भुगत रहा था और उसने अपनी पत्नी को भी खो दिया। प्रेम ने एक लम्बी साँस लेकर बात ख़त्म की। "बस उसके बाद प्रिया हमेशा के लिए मुझे अलविदा कहकर चली गयी। जब वो पूजा की डोली लेकर आ रहा था।"

दलबीर ने प्रदीप को गर्व से नज़र भर देखा कि कैसे उसने प्रिया के आख़िरी शब्दों से कहानी के सिरे को पकड़ लिया था। दलबीर ने अपनी कुर्सी प्रेम के नज़दीक खिसकाते हुए कहा-

"अब ये बताओ कि पूजा के क़त्ल से पहले तुम्हारी प्रिया से क्या बात हुई? देखो बात को घुमाकर कोई भी झूठ मत बोलना क्योंकि तुम्हारे कॉल्स रिकार्ड्स की लिस्ट है हमारे पास!" प्रेम जानता था कि अब वो कोई भी झूठ बोलकर बच नहीं सकता। प्रेम ने कहा कि "मैंने उस दिन बार में बैठकर बहुत शराब पी ली थी। मुझसे अब ये हालात सँभल नहीं रहे थे। नेहा अब मेरे जी का जंजाल बन चुकी थी। मैं ये बात करूँ तो किस्से करूँ? मैंने सोचा कि क्या मुझे पूजा को

सब सच बता देना चाहिए? नहीं मैं डर गया कहीं पूजा मुझे ना समझ पायी तो? आख़िर नेहा पूजा की सगी बहन है। पूजा तो उसी की तरफ़दारी करेगी। ऐसा ना हो एक रिश्ता सँभालने के चक्कर में बाक़ी रिश्ते भी बिगड़ जाएँ। तो फिर किसके सामने मैं अपना बोझ हल्का करूँ? अचानक मुझे प्रिया की याद आयी। बचपन की दोस्त थी प्रिया मेरी। मैंने प्रिया को फ़ोन लगा दिया और रोते हुई प्रिया को सारी बात बता दी कि नेहा कितनी पागल हो चुकी है। उसे पाने के लिए वो किसी की भी जान ले सकती है चाहे वो उसकी अपनी बहन पूजा ही क्यों न हो। बेशक प्रिया के दिल में मेरे लिए हमदर्दी थी पर वो ये भी जानती थी कि ये सब मेरे ही कर्मों का ही नतीजा है। उसने मुझे साफ़-साफ़ ये कहकर मना कर दिया कि ये प्रॉब्लम मेरी क्रीयेट की हुई है और मुझे ही सोल्व करनी होगी। मैंने उससे बहुत रिक्वेस्ट की कि प्रिया मेरी हेल्प करो इस जंजाल से बाहर आने के लिए, बहुत बुरा फँस गया हूँ इस रिश्ते में। मैं तुमसे प्रॉमिस करता हूँ मैं सुधर जाऊँगा.. मैं गोवा में होटल मून लाइट में ठहरा हूँ रूम नंबर ३२० में और नेहा बग़ल वाले रूम ३२२ में है। पूजा को पता भी नहीं.. एक बार यहाँ आ सकती हो तो आ जाओ.. मैं टिकट भेज दूँगा, पर उसने मना कर दिया। वो यही कहे जा रही थी कि मैं जाकर पूजा को सब सच-सच बता दूँ। बस एक प्रिया उम्मीद थी। वो रास्ता भी बंद हो गया। मैंने फिर सोच लिया था कि मैं जाकर पूजा को सब सच बता दूँगा। जब मैं अपने कमरे में पहुँचा तो मुझे इतनी चढ़ गयी थी कि कुछ बताने से पहले ही मैं बेहोश हो गया और फिर शायद पूजा के हाथ मेरा मोबाइल लग गया जिसमें उसने मेरी और नेहा की वीडियो देख ली।" कहते हुए वो ज़ार-ज़ार रोने लगा।

प्रदीप ने प्रेम की बात को ख़त्म होने से पहले ही पकड़ते हुए कहा, "हाँ, तुम जब शराब पीकर बेहोश थे तो शायद पूजा ने तुम्हारा मोबाइल चेक किया और उसमें से उसे तुम्हारे और नेहा के ग़लत संबंधों के बारे में सारी इन्फ़ोर्मेशन मिली और वो नेहा के कमरे में उससे इस बात के लिए पूछने गयी थी। जहाँ नेहा और उसके बीच कुछ कहा सुनी हुई और फिर नेहा एयरपोर्ट के लिए निकल गयी। ख़ैर ये तो तुम्हें भी अब पता चल गया है कि तुम्हारी पत्नी यानी कि पूजा नेहा के कमरे मैं कैसे पहुँची। वो तुम्हारा मोबाइल लेकर नेहा के पास गयी थी, फिर तुम वहाँ गये और किसी ने तुम पर हमला कर दिया..राइट? बस ये पता लगाना है कि तुम्हारा मोबाइल जो पूजा के पास था यानी उस वक़्त नेहा के कमरे में... सुबह तुम्हारे कमरे में कैसे आ गया? जबकि तुम्हारी पत्नी की तो डेड बॉडी पड़ी

थी उस कमरे में और उसके सामने तुम पड़े थे ज़ख़्मी और तुम्हारा मोबाइल वहीं उसी कमरे में होना चाहिए था... पर इस हादसे के बाद तुम्हारा मोबाइल तुम्हारे कमरे से यानी के रूम नंबर ३२० से बरामद हुआ!" प्रेम प्रदीप को देखे जा रहा था, उसे समझ नहीं आ रहा था कि प्रदीप आख़िर पहुँचना कहाँ चाहता है।

प्रदीप- "बस इन दो सवालों के जवाब मिल जायें कि तुम्हारा फ़ोन उस कमरे से यहाँ यानी ३२२ से ३२० में कौन लेकर आया और ये कि वो कौन था जिसने पूजा और फिर तुम पर हमला किया.... या फिर सिर्फ़ पूजा पर!"

प्रेम- "मुझे कुछ समाझ नहीं आ रहा, क्यों आप मेरा दिमाग़ ख़राब कर रहे हैं? किसकी बात कर रहे हैं आप?"

प्रदीप- "दिमाग़ तुम हमारा ख़राब कर रहे हो प्रेम। तुमने ख़ुद कहा कि पूजा तुम्हारा मोबाइल लेकर नेहा के कमरे में गयी। जहाँ उसका क़त्ल हो गया। फिर तुम ज़ख़्मी हुए। पर पुलिस को वहाँ तुम्हारा मोबाइल नहीं मिला। वो तुम्हारे कमरे में पाया गया। मुझे जवाब चाहिए कि एक लाश कैसे तुम्हें तुम्हारा मोबाइल लौटा सकती है? या तुम इतनी ज़ख़्मी हालत में कैसे अपना मोबाइल अपने कमरे में छोड़ आये?"

प्रेम- "मैं नशे में बेहोश था, मुझे कुछ नहीं पता कि मेरा मोबाइल मेरे कमरे में कैसे आया?"

प्रदीप- "... मैं बताता हूँ.. पूजा के कमरे से ये फ़ोन तुम्हारी फ्रैंड प्रिया ले कर आयी थी!" प्रदीप के मुँह से ये बात सुनकर जहाँ एक तरफ़ प्रेम के होश उड़ गये वहीं दलबीर भी हैरान था। प्रदीप ने प्रेम का फ़ोन उसे दिखाते हुए कहा-

"तुमने फ़ोन किया था ना? प्रिया को बोलो?" प्रेम प्रदीप की आवाज़ सुन के डर गया था-

"हाँ मैंने बोला तो अभी आपको... प्रिया मेरी फ्रैंड है.. वो मैं नेहा से बहुत डर गया था तो प्रिया को हेल्प के लिए फ़ोन किया था।

प्रदीप- "तो फिर क्या हुआ? की उसने तुम्हारी हेल्प?"

प्रेम- "कुछ नहीं.. उसने कह दिया कि ये मेरी प्रॉब्लम है मैं ख़ुद देखूँ!"

प्रदीप- "फिर? तुमने देख ली अपनी प्रॉब्लम? अब मैं बताता हूँ कि क्या हुआ था। तुम्हें पता चल गया था कि पूजा को तुम्हारी सच्चाई पता चल गयी है। वो तुम्हारा फ़ोन लेकर नेहा के कमरे में गयी है और तुम उसके पीछे गये। तुमने इंतज़ार किया जब तक नेहा कमरा छोड़कर नहीं चली गयी। नेहा के जाने के

बाद तुम नेहा के रूम नंबर ३२० में दाख़िल हुए, जहाँ तुमने देखा कि तुम्हारी पत्नी पूजा अकेली बैठी रो रही थी। उसने तुम्हें देखकर तुमसे झगड़ा करने की कोशिश की और तुमने बेरहमी से उसका सर पकड़कर दीवार पे दे मारा, पर उसकी जान नहीं निकली थी। तो तुमने उसके सीने मैं वो चक्कू घोंप दिया।"

प्रेम- "नहीं!" प्रदीप तो मानो प्रेम को कोई मौक़ा देना ही नहीं चाहता था। "और उसके बाद तुम अपना फ़ोन उठाकर अपने कमरे में आ गये। तुम डर गये थे कि सुबह पुलिस को पूजा की लाश मिलेगी तो क्या होगा? तुम अपना फ़ोन अपने कमरे में छोड़कर वापस वहाँ गये जहाँ पूजा की लाश पड़ी थी। तुमने अपने सर को भी दीवार से मार कर ख़ुद को ज़ख़्मी करने की कोशिश की ताकि पुलिस को तुम पर शक न हो!" प्रदीप की इतनी तेज़ आवाज़ सुनकर प्रेम इतना डर गया था के उसने कहा-

प्रेम -"नहीं.. ये झूठ है.. मैं अपना फ़ोन लेकर नहीं आया!"

प्रदीप- " तुम अपना फ़ोन लेकर आये थे ताकि अपना जुर्म मिटा सको, पर उसी फ़ोन ने तुम्हें मुजरिम साबित कर दिया.." प्रेम झल्ला पड़ा-

"मैं नेहा के कमरे से फ़ोन नहीं लाया था..."

प्रदीप- "झूठ! तुम्हीं अपना फ़ोन लेकर आये थे।"

प्रेम- "नहीं! प्रिया लेकर आयी थी...." प्रेम हैरान था कि उसके मुँह से ये सच कैसे निकल गया। अचानक वो रोने लगा। दलबीर भी प्रदीप की इस कला को देखकर उसका क़ायल हो गया। पल भर के लिए कमरे में सन्नाटा था, सिर्फ़ प्रेम के रोने की आवाज़ आ रही थी। प्रदीप ने दलबीर से आँखों ही आँखों में सहमती लेते हुए आगे कहा-

"देखो प्रेम अब तुम पूजा के क़त्ल की सज़ा से बचना चाहते हो तो सच-सच बताओ कि तुम्हारी प्रिया से क्या बात हुई?" प्रेम जानता था कि वो फँस चुका था, उसने कहानी सुनानी शुरू की। प्रदीप और दलबीर उसकी कहानी सुन रहे थे मानो उनके सामने कोई फ़िल्म चल रही थी।

प्रेम- "उस वक़्त बेशक प्रिया ने मेरा साथ देने से मना कर दिया था पर वो मुझे दिल से चाहती थी उसने मुझे दोबारा फ़ोन किया और कहा कि वो आ रही है। मेरी मदद करने। बस मैं कोशिश करूँ कि रात को नेहा अपने कमरे ३२२ में अकेली हो...बाकि वो सँभाल लेगी। मैं जनता था कि कुछ भी हो जाये नेहा मुझे पूजा के साथ रहने नहीं देगी। तो एक ही तरीक़ा था कि मैं इतनी पी लूँ कि कमरे

से बाहर ही ना जा सकूँ। सब कुछ प्लान के मुताबिक़ हुआ। मैंने ख़ूब पी ली और फिर मैं अपने कमरे में सो रहा था.. प्रिया को प्लान के मुताबिक़ रात को होटल में पहुँचना था। जब सारा स्टाफ़ सो जाता है तो CCTV कैमरे ऑफ़ करने थे ताकि वो किसी की नज़र में न आ सके। जब वेटर और पूजा के साथ मैं अपने कमरे में जा रहा था मैंने बहाने से CCTV का प्लग निकल दिया। सब कुछ प्लान के मुताबिक़ ही जा रहा था। मैं नशे में अपने कमरे में सो गया कि पूजा के हाथ मेरा मोबाइल लग गया। जिसमें नेहा के अश्लील मैसेज और वो वीडियो था। पूजा इस बात को लेकर नेहा से उसके कमरे में झगड़ा करने चली गयी। उसके बाद मुझे कुछ नहीं पता क्या हुआ। सुबह के ४ बजे होंगे। जब मैं उठा तो मैंने पाया कि पूजा कमरे में नहीं थी। मुझे लगा कि पूजा बाथरूम में है और प्रिया अपना काम कर गयी होगी। ये सुनिश्चित करने के लिए मैं नेहा के कमरे में गया तो पाया कि बग़ल वाले कमरे में मेरी पूजा मरी पड़ी थी। नेहा तो एयरपोर्ट के लिए निकल चुकी थी। मुझे लगा कि शायद प्रिया ने ग़लती से पूजा को मार दिया है।" कहते कहते वो रोने लगा।

प्रदीप- "फिर क्या हुआ?"

प्रेम- "फिर अचानक मेरे सर पर एक ज़ोरदार वार हुआ, उसके बाद मुझे कुछ याद नहीं!" कहते हुए वो रोने लगा। दलबीर ने अपने मोबाइल का रिकॉर्डर बंद किया और प्रदीप के साथ कमरे से बाहर आ गया।

दलबीर- "क्या लगता है प्रदीप जी एक और कहानी? कितनी सच्चाई है इसकी कहानी में?" प्रदीप ने जेब से सिगरेट निकालते हुए कहा, " फ़िलहाल तो ये कहानी है.. जैसा आपने कहा... हकीकत तो तब बनेगी जब प्रिया अपने बयान से इस पर मोहर लगा दे... उसकी गिरफ़्तारी के वारेंट निकलवाइये।" कहते हुए उसने अपनी सिगरेट जला ली।

इसके बाद गोवा पुलिस ने दिल्ली पुलिस की मदद से प्रिया को दिल्ली में ही पकड़ लिया। प्रिया को गोवा बुलवा के सख़्ती से उसका बयान लिया गया। तो कुछ चौंका देने वाले सच बाहर आये।

गोवा पुलिस स्टेशन में प्रिया प्रदीप और दलबीर के सामने बैठी थी। दलबीर ने उसे पूजा की डोली का वीडियो दिखाते हुए पूछा, "आप ये प्रेम को क्यों बोल रही थीं कि अब इन रिश्तों की इज़्ज़त करना जैसे करते आये हो... वैसे प्रेम आपके और उसके बीच के रिश्ते के बारे में सब बता चुका है हमें!" प्रिया

जानती थी कि उसके पास सच बोलने के सिवाए कोई चारा नहीं था।

"हाँ ये बात सच है कि प्रेम की शादी की रात, प्रेम मुझसे आख़िरी बार मिलने की ज़िद कर रहा था। वो मुझसे बस आख़िरी बार मिलने के लिए पागल हुए जा रहा था। फिर मैंने भी सोच लिया कि प्रेम से एक बार और मिलने में कोई हर्ज नहीं है।"

दलबीर- "क्यों? ये जानते हुए भी कि उसकी शादी हो रही थी?"

प्रिया- "ये पागलपन उसने पहली बार नहीं दिखाया था। जब भी उसकी मर्ज़ी के आगे नहीं झुकती, वो उसका ग़ुस्सा दूसरों पे निकालता था। मैं डर गयी कि कहीं वो इस पागलपन में अपनी शादी ख़राब न कर ले और फिर हमारे बीच ये रिश्ता कोई पहली बार थोड़े न बन रहा था। मैं भी इसे एक यादगार अंत देना चाहती थी, पर उस रात जब मैं उसे खोज रही थी तो उसे मैंने नेहा के साथ दहेज़ वाले कमरे से निकलते हुए देखा। मैं समझ गयी थी कि अंदर क्या हुआ होगा! बस तभी मैंने ठान लिया कि प्रेम किसी का सगा नहीं। बस इसी के रहते मैं उसे आख़िरी नसीहत देकर हमेशा के लिए चली गयी।" प्रदीप ने दलबीर को देखते हुए अब ख़ुद मोर्चा सँभाला-

"तो फिर उस रात ऐसा क्या हुआ कि आप सर पे कफ़न बाँधकर प्रेम की मदद करने चली आयीं.. यहाँ गोवा में?"

प्रिया- "उस रात मैं मुंबई एयरपोर्ट से दिल्ली की फ़्लाइट पकड़ने जा रही थी, जब प्रेम का फ़ोन मुझे आया। वो बहुत नशे में था और रो रहा था। तब उसने मुझे बताया कि कैसे शादी की रात उसने समझा था कि दहेज़ वाले कमरे में नेहा नहीं मैं हूँ और उसके बाद कैसे वो नेहा के चंगुल में फँसता चला गया।"

प्रदीप- "फिर आपने सोचा कि प्रेम अब दोनों तरफ़ से फँस चुका है। इस वक़्त कमज़ोर है, तो चलो पूजा को ख़त्म करके अपना रास्ता साफ़ कर लेते हैं?"

प्रिया- "व्हाट? ये क्या कह रहे हैं आप? ये ग़लत है, मैं सिर्फ़ नेहा को सबक़ सिखाना चाहती थी। हाँ ये सच है मैंने प्रेम के साथ मिलकर नेहा को रास्ते से हटाने के प्लान बनाया। मैंने अपनी दिल्ली की फ़्लाइट कैंसिल करके गोवा की फ़्लाइट करवायी। मेरी फ़्लाइट १२ बजे गोवा लैंड होनी थी। उस वक़्त प्रेम को CCTV ऑफ़ करने थे, ताकि मैं कैमरा में ना आऊँ!"

प्रदीप की आँखें अब सिकुड़नी शुरू हो गयीं थी। वो जानता था कि अब सच बहुत जल्दी सामने आने वाला था कि प्रिया ने आगे की बात कहकर उसे

चौंका दिया-

"मैं रात के अँधेरे में जब रूम नंबर ३२२ में पहुँची तो देखकर दंग रह गयी। वहाँ नेहा नहीं थी बल्कि पूजा सो रही थी।"

दलबीर- "आप ग़लत कह रही हैं, आपको लगा कि वो नेहा है और इसीलिए अपने उसका ख़ून कर दिया!"

प्रिया- "नहीं मुझे वहाँ पूजा ही सोती हुई दिखी और ज़मीन पर प्रेम का मोबाइल पड़ा था। मैं हैरान रह गयी कि कहीं प्रेम ने मुझे ग़लत रूम नंबर तो नहीं बता दिया। मैं प्रेम का मोबाइल लेकर साथ वाले कमरे में गयी, रूम नंबर ३२०। दरवाज़ा खुला था। जैसे अंदर गयी देखा कि प्रेम सो रहा था। मैंने जाकर प्रेम को उठाना चाहा, पर मैंने पाया वो नशे में धुत था। उसने मेरा हाथ पकड़ लिया और नशे में यही बड़बड़ा रहा था-

"पूजा आई एम सॉरी, मैंने तुम्हें धोका दिया, मैं सब ठीक कर लूँगा पूजा.. " ये बड़बड़ाते हुए वो सो गया। मैं समझ गयी थी कि प्रेम पूजा से बहुत प्यार करता है और इस वक़्त दोनों को प्यार की ज़रूरत है नफ़रत की नहीं, और वैसे भी नेहा मुझे कहीं दिखी नहीं। मैंने अपना इरादा बदल दिया और चुप चाप एयर पोर्ट के लिएनिकल गयी।" दलबीर और प्रदीप प्रिया का बयान सुनकर हैरान थे।

दलबीर- "मतलब तुमने पूजा का ख़ून नहीं किया?"

प्रिया- "मैंने कहा ना मैं नहीं चाहती थी कि इन दोनों की ज़िन्दगी में कुछ ऐसा हो जिससे इनकी ज़िन्दगी सँवरने की बजाये और उलझकर रह जाये और मैं ये सच कह रही हूँ!"

दलबीर- "मतलब तुम चाहती हो कि हम तुम्हारी बात का यक़ीन करें?"

प्रिया- "हाँ!" प्रिया बड़ी सहजता से दलबीर के सवालों का जवाब दे रही थी कि अब दलबीर अपना आपा खोने लगा था। उसने टेबल पर ज़ोर से हाथ मरते हुए कहा-

"देखो प्रिया हमें सब सच बता दो नहीं तो हमारे पास दूसरे तरीक़े भी हैं सच उगलवाने के!" कि प्रदीप ने दलबीर के काँधे पर हाथ रखते हुए उसे बाहर आने का इशारा किया। दलबीर लेडी हवलदार को इशारा करके प्रदीप के पीछे निकल गया।

पुलिस स्टेशन के बाहर आकर प्रदीप ने अपनी सिगरेट जलायी। दलबीर ने देखा कि उसके चेहरे पर शिकन बिल्कुल नहीं थी।

दलबीर- "आपको क्या लगता है ये सच बोल रही है? मुझे लगता है ख़ून इसी ने किया है!"

प्रदीप ने सिगरेट का काश लेते हुए कहा- "फिर से आप कन्क्लुशन पर पहुँच रहे हैं दलबीर जी। देखिये इस वक़्त हमारे पास तीन सस्पेक्ट्स हैं। जिनके क़त्ल करने के अपने-अपने मोटिव हैं। पहला प्रेम जो नेहा को मरवाना चाहता था, दूसरी प्रिया जो प्रेम के लिए नेहा को मारना चाहती थी, पर दोनों केसेज़ में ग़लती से मर जाती है पूजा और तीसरी नेहा जो प्रेम को पाने के लिए पूजा को मारना चाहती थी!"

दलबीर- "पर वो उस वक़्त एयरपोर्ट पे थी!"

प्रदीप- "यही तो मैं कह रहा हूँ कि तीनों के पास पूजा का क़त्ल ना करने की एक कहानी है और तीनों कहानियाँ सच्ची लग रही हैं!"

दलबीर- "पर क़त्ल तो हुआ है, एक नहीं बल्कि दो, वो तो प्रेम बच गया!"

प्रदीप- "हाँ प्रेम बच गया!" कहते हुए प्रदीप अपनी गर्दन घुमाने लगा। संकेत था ये दलबीर के लिए कि उसके दिमाग़ में अब कोई ख़ुराफ़ात चल रही है। प्रदीप ने दलबीर से तब कहा के वो सारे सबूत फिर से देखना चाहता है। दलबीर ने लम्बी साँस लेकर हवलदार से सारे सबूत लाने को कहा।

कुछ ही पल में दलबीर की टेबल पर नेहा, पूजा, प्रेम और प्रिया के मोबाइल पड़े थे। उनके साथ उनकी कॉल रिकॉर्डिंग की लिस्ट। वो चक्कू जिससे क़त्ल हुआ था। पोस्टमोर्टेम और फ़ोरेंसिक रिपोर्ट। प्रदीप बार-बार सबके बयान सुन रहा था, जो दलबीर ने अपने मोबाइल में रिकॉर्ड किये थे।

सुबह से शाम हो गयी पर प्रदीप को कुछ नहीं मिला। हर सबूत हर बयान के साथ मेल खा रहा था। ऐसा लग रहा था कि तीनों की कहानियाँ एक-दूसरे के साथ जुड़ी हों।

"तो मतलब क़ातिल कोई चौथा है?" दलबीर ने प्रदीप को चाय का कप देते हुए पूछा और फिर तीनों की टेलीफ़ोन की कॉल डिटेल्स उठाकर उनमें नये नंबर तलाश करने लगा।

प्रदीप- "क्या ढूँढ़ रहे हो?"

दलबीर- "आपके हिसाब से ये तीनों तो क्लीन हैं। अब देख रहा हूँ इसके अलावा इन्होंने उस रात और किसे फ़ोन किया है!" इतना सुन प्रदीप का माथा ठनका, उसने नेहा की कॉल हिस्ट्री देखनी शुरू की और उसके चेहरे के भाव

बदलने लगे। दलबीर समझ गया था कि प्रदीप को फिर कुछ मिल गया है।

दलबीर- "क्या हुआ?"

प्रदीप- "नेहा ने कहा था कि उसने रास्ते में अपनी टिकट बुक की पर उसकी कॉल लिस्ट में तो किसी भी एयरलाइन या ट्रेवल एजेंट का नंबर नहीं दिख रहा!" इतना देख दलबीर का दिमाग़ भी ठनका, उसने प्रदीप से वो लिस्ट लेकर दोबारा देखी। "पर उसके पास तो बोर्डिंग पास था, ये देखिये!" कहते हुए उसने नेहा का बोर्डिंग पास प्रदीप को थमा दिया।

"हो सकता है उसने काउंटर पे टिकट ली हो!"

प्रदीप- "हो सकता है!.. एक काम कीजिये इस एयरलाइन्स के काउंटर से नेहा की फ़्लाइट डिटेल्स निकलवाइए.. कि उसने ये टिकट कितने बजे बुक की?" दलबीर के लिए प्रदीप का इशारा काफ़ी था। उसने झट से प्रदीप से बोर्डिंग पास लेकर एयरपोर्ट फ़ोन लगा दिया। तब तक प्रदीप ने अपनी जेब से सिगरेट निकाली और कश मरता हुआ बाहर निकल गया। प्रदीप अभी सिगरेट ख़त्म कर ही नहीं पाया था कि दलबीर ने उसे वो ख़बर दी जिसकी प्रदीप को उम्मीद थी।

"यू वर थिंकिंग राइट डिटेक्टिव.. नेहा ने काउंटर से ही अपनी टिकट करवाई थी, पर एक नहीं दो। एक रात २ बजे की फ़्लाइट की और दूसरी सुबह ५ बजे की!"

दलबीर- "इसका मतलब नेहा जानती थी कि उसे दो टिकट्स की ज़रूरत पड़ सकती है!" वो इतना ही कह पाया थे कि प्रदीप के चेहरे पर उभरती मुस्कान को देखकर वो समझ गया था कि अब आगे उसे क्या करना है।

अगले पल नेहा एक कमरे में लेडी हवलदार के साथ बैठी हुई थी। वो यही चिल्लाये जा रही थी कि अब क्यों उसे टॉर्चर किया जा रहा है, जबकि वो सब कुछ सच बता चुकी है कि उसने देखा प्रदीप और दलबीर अंदर आकर उसके पास बैठ गये। प्रदीप के हाथ में उसका बोर्डिंग पास था। बोर्डिंग पास को देखकर नेहा घबरा गयी।

प्रदीप- "तो नेहा जी ये आपका बोर्डिंग पास है? गोवा तो दिल्ली...राइट?"

नेहा- "हाँ ..क्यों?"

दलबीर- "मतलब रात २ बजे की गो एयर की फ़्लाइट गोवा टू दिल्ली ..राइट?"

नेहा- "हाँ.. तो आप एयरलाइन से चेक कर लीजिये.. बोर्डिंग पास है आपके पास!"

प्रदीप- "नहीं ये बोर्डिंग पास सही है। फ़्लाइट की डिटेल्स भी सही हैं.."

नेहा- "तो?"

प्रदीप- "अगर दलबीर जी का फ़ोन आपको नहीं आया होता तो आप ये फ़्लाइट पकड़ ही लेती ना?"

नेहा- "हाँ मैं सिक्यूरिटी चेक के लिए पहुँच गयी थी!" प्रदीप ने इसके बाद टेबल पर ज़ोर से हाथ मारते हुए नेहा को चौंका दिया-

"तो फिर आपने सुबह ५ बजे की फ़्लाइट भी क्यों बुक की? जबकि आप तो २ बजे की फ़्लाइट से निकल ही रही थीं?"

नेहा- "मुझे अपने वकील से बात करनी है इसी वक़्त... मैं आपको किसी भी बात का जवाब नहीं दूँगी!"

दलबीर- "वकील चाहिए?"

नेहा- "हाँ!" कि दलबीर ने वहाँ खड़ी एक हट्टी-कट्टी लेडी कांस्टेबल को इशारा किया और उसने आते ही नेहा को दो थप्पड़ जड़ दिये। नेहा एक पल के लिए चकरा गयी।

दलबीर- "थोड़ी और वार्तालाप करेंगी हमारी इस वकील से? या हमसे बात कयेंगी?" नेहा अब बहुत डर गयी थी। उसने देखा कि वो कांस्टेबल अब अपनी मट्ठी बंद कर रही थी।

नेहा- "हाँ मैंने दो टिकट करवायी थीं।" नेहा डर के मारे हाँफ रही थी।

प्रदीप- "देखो नेहा हमें बात तो सारी समझ आ गयी है, बेहतर होगा तुम अपना गुनाह ख़ुद क़बूल कर लो तो सज़ा कम हो जायेगी।" नेहा ने नज़रें उठाकर देखा दलबीर और वो कांस्टेबल उसे घूर रहे थे। वो समझ गयी थी कि उसके पास कोई और चारा नहीं था। नेहा ने बोलना शुरू किया-

"मैं जानती थी कि प्रेम मुझसे कतरा रहा था। उस रात जब वो मेरे कमरे में मेरी बेइज़्ज़ती करके गया तो मैं उसके पीछे गयी जहाँ बार में वो पी रहा था। मैं उसे प्यार से समझाना चाहती थी पर मैंने उसे किसी से बात करते हुए सुना कि वो मुझे रास्ते से हटाने की प्लानिंग कर रहा था। वो किसी को बता रहा था, १२ बजे CCTV कैमरा बंद होंगे और उसके बाद शायद मेरे क़ातिल को आना था। मैं स्तब्ध रह गयी कि जिस इन्सान पर मैंने अपना सब कुछ निछावर कर

दिया था वो मुझे ही मारने की प्लानिंग कर रहा था। बस मेरा दिमाग़ फिर गया कि मैं प्रेम को नहीं छोड़ूँगी। अगर इसने कोई प्लान बनाया है तो इससे बड़ा प्लान मैं बनाऊँगी। मैं अपने कमरे में आकर, अपने प्लान के बारे में सोच ही रही थी कि अचानक मेरा मैसेज पाकर पूजा मेरे कमरे में आ गयी। उसके हाथ मेरा और प्रेम का वो वीडियो लग गया था। उस वीडियो को लेकर हम दोनों में काफ़ी कहा-सुनी हुई पर मौक़ा पाकर मैंने पूजा को शांत करते हुए उसे पानी पिला दिया। जिसमें मैंने बेहोशी को गोली डाल दी थी। पूजा वहीं बेहोश हो गयी। मैंने लाइट्स बंद कर दीं। अब मुझे इंतज़ार था उस क़ातिल का जो मुझे मारने आने वाला था ताकि वो पूजा को मुझे समझकर उस पर हमला कर दे,पर उससे पहले मुझे अपने उस होटल में ना होने का सबूत चाहिए था। मैं एयरपोर्ट गयी और वहाँ मैंने दो टिकट्स खरीदीं एक २ बजे की फ़्लाइट की दूसरी ५ बजे की। २ बजे की फ़्लाइट से मुझे केवल बोर्डिंग पास चाहिए था। मैं अब वापस आयी ये सोचकर पूजा अब तक मर चुकी होगी और मैं प्रेम को उसके ख़ून के इल्ज़ाम में फँसाकर साफ़ निकल जाऊँगी। पर जब में होटल अपने कमरे में पहुँची तो देखकर हैरान रह गयी कि पूजा तो अभी भी सो रही थी और प्रेम का मोबाइल भी वहाँ नहीं था। इसका मतलब क़ातिल वहाँ आया था और उसने पूजा को देखकर अपना इरादा बदल दिया, पर मैं अपना इरादा नहीं बदलना चाहती थी। अचानक पूजा जाग गयी मेरे हाथ में यूँ चक्कू देखकर वो हैरान थी। वो फिर से मुझे पापा को फ़ोन करने की धमकी देने लगी। मैंने आवेश में उसका सर पकड़कर दीवार से दे मारा। वो तड़पने लगी। फिर चक्कू से मैंने उसके सीने में दो वार कर दिए जिससे उसकी मौत......" कहते हुए वो रोये जा रही थी।

"मैंने मार दिया उसे .. मार दिया.... उस हरामजादे प्रेम के लिए मैंने अपनी बहन को मार दिया।" दलबीर ने प्रदीप की तरफ़ देखा मानो अब उसकी बारी थी।

प्रदीप- "और फिर प्रेम?"

नेहा- "मैं अभी इस सदमे से उभर ही नहीं पायी थी कि मेरे हाथों मेरी बड़ी बहन का ख़ून हो गया है कि अचानक मैंने पाया कि प्रेम कमरे में दाख़िल हो रहा था। मैं वहाँ पड़ा एक डंडा लेकर तैयार खड़ी थी। जैसे प्रेम अंदर आया, वो पूजा की लाश को देखकर सदमे में आ गया। मैंने मौक़ा पाकर उसके सर पर वार करना शुरू कर दिया, जब तक वो ढेर नहीं हो गया। मैं समझी वो मर गया है। मैंने वो चक्कू प्रेम के हाथ में पकड़ा दिया जिससे जब पुलिस को पता चले तो वो

प्रेम को ही पूजा का क़ातिल समझे। उसके बाद मैं चुपचाप होटल से एयरपोर्ट के लिए निकल गयी। हाँ मैंने दो टिकट जानबूझ कर लीं थीं एक २ बजे की, जिससे मैं ये साबित कर सकूँ कि मैं उस वक़्त होटल में नहीं थी जब ये क़त्ल हुए और दूसरी ५ बजे की जिससे मुझे इसका बाद दिल्ली की फ़्लाइट पकड़नी थी !" कहते हुए वो रोये जा रही थी। दलबीर ने वहाँ खड़ी कांस्टेबल को नेहा को ले जाने का इशारा किया। प्रदीप नेहा को तब तक देखता रहा जब तक उसकी चीख़ें धूमिल नहीं हो गयीं और अपने परिचित अंदाज़ में उसने अपनी सिगरेट निकाली और सूँघता हुआ निकल गया।

नेहा के बयान से यह साबित हो गया कि पूजा का क़त्ल नेहा ने ही किया था और प्रेम पर जानलेवा हमला। नेहा को इस जुर्म के लिए उम्र क़ैद की सज़ा मिली। प्रेम को क़त्ल का षड्यंत्र रचने के जुर्म में और अपनी पत्नी के होते अपनी साली के साथ सम्बन्ध रखने के जुर्म में सात साल की सज़ा मिली और प्रिया को प्रेम के साथ क़त्ल का षड़यंत्र रचने के जुर्म में ४ साल की सज़ा।

कैसे सब कुछ इतनी जल्दी बदल गया। अभी १० दिन पहले ही तो सब ठीक था। पूजा कितनी ख़ुश थी। पर प्रेम और फिर नेहा की एक छोटी-सी भूल ने कितनी ही ज़िंदगियाँ तबाह कर दीं और उसके ऊपर प्रिया का पागलन जो अपने एक्स बॉय फ्रैंड के लिए उसकी साली का क़त्ल करने के लिए तैयार हो गयी। प्यार और हवस में सिर्फ़ थोड़ा-सा ही फ़र्क़ होता है।

'प्यार' ख़ुशियों का दूसरा नाम है।

www.ingramcontent.com/pod-product-compliance
Lightning Source LLC
LaVergne TN
LVHW040816051026
849519LV00007BA/2642
* 9 7 8 9 3 9 0 9 4 4 4 9 1 *